千羽鶴

中村英
NAKAMURA Ei

文芸社

目次「千羽鶴」

千羽鶴

（一）白いブーケ

五月になり日差しが眩しくなってきた。通勤途中の道路の両脇には色とりどりのつつじが鮮やかに咲き誇り、ドライバーの目を楽しませている。つつじは中田秀一の住むここ米子市の花だ。五月のＧＷには毎年つつじ祭りが開催されている。

信号が赤になり、秀一はブレーキを踏んだ。そして見るともなしに車の外を眺めた。淡いピンクや真っ白のつつじが目に入った。

「もう五月か。早いなあ。そういやあ、今日から福間先生の代わりの先生が来るって言ってたな」

どんな人なんだろうと思った矢先、信号が青に変わった。

「おっと」

秀一はブレーキからアクセルに踏みかえ、勤務する本田小学校へと車を走らせた。

秀一が職員室の戸を開けると、同僚の高木武がすぐに駆け寄ってきた。

「なあなあ、福間先生の代わりの先生、もう来てるぞ。今年大学を卒業したばっかりの若い女性だってよ」

「ふうん」

「ふうんって、つまらん奴」

中田秀一は、大学を卒業して三年経った去年、やっと教員採用試験に合格し、ここ本田小学校に赴任した。高木武も同時に採用になった。くしくも同じ二十五歳。独身を謳歌している。他にも独身を楽しんでいる輩がいる。二歳上の石田実と一つ下の金元仁だ。本田小学校で独身の男性教師はこの四人だけだ。独身三羽ガラスならぬ、四羽ガラス。彼女もいない。

秀一が自分のデスクに座ると、石田と金元もすぐに近寄ってきた。

「どんな子かな？　聖子ちゃんみたいだったりして」

「僕はどっちかっていうと、中森明菜に似ててほしいな」

「いやあ、やっぱ山口百恵でしょ」

勝手に盛り上がっている。

一応乗ったふりをして話を合わせてはいるが、秀一は特に興味があるわけではない。まあ、全く気にならないと言ったらウソになるかもしれないが、それより連休明けにある「こいのぼり運動会」の方が気になっていた。

四月に買ったばかりの赤い軽の中古車を運転しながら、白石みどりはずっと緊張でドキドキしていた。木々の緑も青い空も全く目に入らない。

「どんな学校なのかな？　挨拶どう言おう。初めまして、いやいや違う。趣味は卓球です。いや、そんなこといらない」

ぶつぶつと口にしながらハンドルを握っていた。

みどりはこの三月、地元の大学の教育学部を卒業したばかりだ。特に教師になりたいという強い意志はなく、文系は教育学部しかなかったため、何となく入学したのだった。

大学時代は部活に明け暮れた。二人の姉も学生の頃は卓球をしており、その流れで入部した卓球部だったが、ユニークな先輩や気の置けない仲間たちに出会い、どっぷりと浸かってしまった。風邪をひいて大学の講義には出なくても、卓球の練習は休んだことがなかった。

大学四年の夏、教員採用試験を受けた。県内で教員になれば、奨学金の返済はしなくてよいという公約に魅かれ、倍率の厳しい中、地元を選んだ。しかし試験は落ちた。

（まあ、非常勤講師の口くらいはあるでしょう）

と軽く考えていたが、四月になっても一向に知らせがなかった。さすがにみどりも焦ってきたが、どうしようもない。家の畑仕事を手伝ったり、アルバイトをしたりしながら一カ月を過ごした。

そして一昨日、やっと、本田小学校に赴任するよう県から連絡があった。

みどりは緊張で胸が高鳴り、昨夜はほとんど眠れなかった。

(何着ていけばいいかな。やっぱりスーツだよな)

学生の頃ほとんどTシャツとGパンで過ごしていたみどりは、リクルートスーツなるものを持っていない。

(そうだ、教育実習の時に着たスーツが確かあったはず)

洋服ダンスからグレーのスーツを引っ張り出し、鏡に映してみる。

(うーん、変だけど仕方ないよな。ま、いっか)

翌五月一日、みどりはこのグレーのスーツを着て本田小学校に向かったのだった。

「今日から本田小学校に勤めることになりました。白石みどりです。よろしくお願いします」

みどりは、できるだけ明るく言った。緊張したが、運動部で鍛えた声は広い職員室の端までちゃんと届いた。

秀一は、教頭の横で頭を下げている女性に目をやった。

（ちっちゃ、おまけにショートカットですっぴん……。中学生か高校生にしか見えない。ほんとに二十二歳か？）

スーツらしい服を着てはいるものの、全く似合っていない。ちんちくりんとしか言いようがない。

（あーあ）

ほんのちょっとだけ期待してたのに。秀一はがっかりして自分の机上の「こいのぼり運動会」の計画書に目を向けた。

（あれ、でもどっかで見たことがあるような……どこだっけ？）

と頭を巡らせていたところ、そのちんちくりんが、秀一に向かってすたすたと歩いて来た。そして背中合わせの席に座った。

（え、ボクの後ろ？）

ちらっと横目で見てみると、ちんちくりんは俯き加減でじっと固まっている。

（緊張しているのか？　そりゃそうだ。大学卒業したばっかだもんな。よし、なんか声を掛けて和らげてやるかな）

秀一が、みどりの方を振り向いた矢先、

「白石せんせ、コーヒー飲む?」

高木がちゃっかりと先に声を掛けていた。

「あ、はい」

「でも僕が淹れるの今日だけだからね。明日からは自前ね」

高木が笑いかけている。カチンコチンだったちんちくりんも笑っている。

(こいつ!)

なんか、面白くない。

話し掛ける機会を逸してしまった秀一は、仕方なく前を向いた。

どっかで見たことあると思ったら、高校の時同じ卓球部だった同級生にそっくりだ。秀一が高校に入学して気まぐれで入った卓球部。女の子は二人しかいなかったが、その一人、〝ぽっちゃり〟の方に瓜二つだった。

(あっ、思い出した!)

秀一はみどりの方を向いた。

「もしかして、お姉さんって卓球してた?」

唐突に声を掛けたものだから、ちんちくりんはびくっとして顔を上げた。そして、くるくるっとした瞳で、秀一をまっすぐ見た。

「はい。してました。え、どうして知ってるんですか？」

応えたちんちくりんの顔がニコッと笑っている。なぜかその笑顔が眩しくて、秀一はすぐには次の言葉が出てこなかった。

「えっと、どうしてって、僕も高校の時に卓球やってて」

「え、そしたら姉と同級生なんですか？」

「そう、なるかな」

（やっぱりそうだ。あの〝ぽっちゃり〟の妹なんだ。どうりでそっくりなはずだよ）

「私も大学で卓球してたんですよ」

「へえ、そうなんだ」

キーン　コーン　カーン　コーン

話が盛り上がりかけたところでチャイムが鳴った。

「ごめん、続きは後で……」

そう言って秀一は教室に向かった。

「はーい。行ってらっしゃい」

みどりが顔の横で小さく手を振った。何だかいい気分。秀一は鼻歌を歌いながら四年二組の教室のドアを開けた。

「おはようございまーす」

子どもたちの弾けるような笑顔と声が秀一を迎えた。

秀一は体育主任をしていた。

体育関連の仕事は一年中休む暇がない。春の「こいのぼり運動会」から始まり、夏は水泳、二学期に入るとすぐに大運動会がある。そして、秋のマラソン大会、冬はスキー教室……ホントにフル回転だ。

今も秀一は連休明けに実施される「こいのぼり運動会」の準備に大わらわだった。連休中もおそらく学校に来て、ライン引きやら用具の準備やらをしなければならない。独身仲間がたまには手伝ってくれるけれど、基本一人だ。それに連休中は気兼ねして気安く頼むことができない。

（あーあ、今年も休み返上か……）

連休初日。朝から青空が広がり、爽やかな風が吹いている。まさに五月晴れ、絶好の行楽日和だ。つがいの鳥が空高く飛んでいる。

空の青を恨めしく思いながら、秀一は学校に向けて車を走らせた。

「もう、何でこんな日に学校に行かなきゃならないんだ！」

ぶつぶつ文句を言いながら秀一が学校に着くと、一台の赤い軽自動車が止まっていた。

（誰だ？）

職員玄関の鍵を開け、中に入る。休日の廊下は物音一つせず、シーンとしていた。

秀一は恐る恐る職員室のドアを開け、ぐるりと見回した。

誰もいない。

訝しく思いながら、巻き尺とライン引きを取りに体育館に向かった。するとTシャツにジーンズ姿の女の子が体育館の方から軽やかに歩いてきた。

（ン？　中学生？　いや、もしかして、あのショートカットは、ちんちくりん？）

ビンゴ！

みどりは、ニコニコしながら秀一の方に近づいてきた。

昨日のスーツ姿よりよほど似合っている。

「あ、おはようございます！」

弾ける笑顔でみどりが挨拶をした。

「あ、ああ。おはよう。どうしたの？　今日休みだよ」

「はい。教室とか音楽室とか、ゆっくり見たいなって思って。休みの日の方がゆっくり見て回れると思って来ました」

「中田先生……も、どうされたんですか？　休みなのに」

秀一が事情を話すと、みどりは「手伝いましょうか？」とさらっと言って、手伝ってくれた。

二人で校庭に行き、百メートル走のコースラインやトラックのラインを引いた。広いグラウンドに真っ白なラインが整然と美しく光った。見上げた空が眩しい。

「白石先生、ありがと。助かったよ」

「こちらこそ。お疲れさまでした」

秀一はみどりと別れ、車を走らせた。来る時よりも何だかアクセルが軽い。

(海にでも行ってみるかな)

カーラジオから流れる曲にリズムを取りながら、秀一は家とは反対の方向に車を走らせた。

「こいのぼり運動会」が終わるとすぐに職員対抗バレーボール大会があった。

これは学校職員同士の親睦を深める目的の大会で、毎年五月中旬に行われる。親睦と銘打ってはいるが、どの学校もこの大会に向けて熾烈な練習を繰り広げる。

本田小のボス、池田校長は、バレーボール命！　の人だ。何でも若い頃は大活躍だったそうで、県大会でも優勝しインターハイにも出た経歴の持ち主だ。アタッカーでバシバシ決めていたという。当然練習にも熱が入る。

毎日放課後、クラスの子どもを帰した後、練習をした。準備をするのは体育主任。

担任をしている四年二組の子どもたちを下校させるとすぐに、秀一は急いで体育館に行って準備をする。

「さようなら！」

「みどりせんせ、手伝って」

「はい、いいですよ」

二つ返事でニコニコ笑ってみどりは手伝ってくれた。

ポールは重いので二人で運んだ。心配して秀一が声を掛けるとみどりは、「大丈夫です」とよたつきながら応える。無理しちゃってと思うが、秀一も一人では運べないので、どうしようもない。次はネットを張る。おチビちゃんのみどりはポールの高さまで届くはずな

いのに、ネットをひっかけようとぴょんぴょん飛び上がっている。面白いので秀一がしばらく見ていたら、

「届きませーん」

と、みどりが声を張り上げた。秀一はおかしくてたまらないのをこらえてそばへ行き、ネットを掛けた。

「さすが！　すごいですね」

（当たり前じゃ！）

と思いつつも、秀一は気分がよかった。

「わあ、高い！」

ピンと張ったネットのそばで、またもやみどりはぴょんぴょん飛び跳ねている。

（こいつ、カエルみたいなやっちゃ）

秀一は込み上げてくる笑いを噛み殺しながら、ボールのかごを運んだ。

準備完了。

「よーし、できた。どうする？　まだみんな来ないけど、パスでもする？」

「はい！」

二人でオーバーパスを始めた。パスが続く。面白い。

見かけによらず、みどりは上手だった。

秀一は毎日のこの時間が楽しくなってきた。準備を終えると、みんなが揃うまで、二人でパスやサーブの練習をして過ごした。

練習は結構ハードだった。

レシーブ練習は、ネットの向こう側の跳び箱の上から次々投げられるボールを受けるのだ。容赦なくきついボールが飛んでくる。誰もが腕を真っ赤にしながら向かっていた。

「痛い。もうダメ。ちょっと休む」

と、リタイアする女性教師がいる中、みどりは平気な顔をしてボールに向かっていた。

秀一は、みどりのことをちょっとだけ見直した。

(ちんちくりんの〝ちん〟を取ってやるかな)

ちなみに、ボスの池田校長は、ロマンスグレーの髪を振り乱しながら毎回練習に参加した。池田校長と秀一とみどりは、皆勤賞トリオだ。

大会ではボスはセッターとしてその任を果たした。みどりはバックセンター。秀一はライトアタッカーを務めた。そして本田小学校は地区大会で見事優勝し、県大会出場を果たした。

優勝祝いの酒の席は大いに盛り上がった。

「秀一君、みどり君、ありがとう！　忙しい中、練習も準備も大変だったな。おかげで優勝。うまい酒も飲める！　ハッハッハ！」

池田校長の酔って真っ赤になった顔を見ながら、秀一とみどりは顔を見合わせてピースサインをした。

バレーボールをはじめ運動会のライン引き、陸上大会の前日準備等々、放課後二人で一緒に行動することが増えていった。

みどりもだんだんと学校に慣れてきた。秀一の学年主任の八田がみどりをえらく気に入り、学年の行事に呼んだり、授業を任せたりすることがちょくちょくあった。そのせいで、みどりが四年二組の秀一のクラスで朝の会を一緒にすることもあった。秀一の車に乗って、二人で四年生の遠足の下見に行くこともあった。

いつの間にか、秀一の隣にはみどりがいることが当たり前のようになっていた。とは言っても、お互い一緒にいることが当たり前過ぎて、異性として意識することは全くなかった。当然恋心なんてこれっぽっちも感じていない。みどりは相変わらずのすっぴんで、いつもTシャツにジャージ姿。秀一もTシャツに短パン。足の裏と掌以外は日焼けで真っ黒だった。

暑い夏が終わり、学校のそばの山に赤とんぼがたくさん飛び交うようになった。

二学期が始まった本田小学校は、元気いっぱいの子どもの声で溢れていた。日焼けして真っ黒な顔をしている子もいる。中には休み明けでボーッとしている子もいるが、休み中の思い出話でどの教室もワイワイガヤガヤ賑やかだった。

九月から一年生の担任の一人が産休に入ることになり、みどりは、その先生の代わりで二学期から一年生の担任をすることになった。みどりの代わりには、三月に定年退職したという森光子風のシャキシャキおばちゃんが来た。

みどりの席が『一年団』の方に移った。

振り向けばすぐそこにみどりがいたのに、今はいない。秀一はみどりが一気に遠くなった気がした。これまで何でも気軽にみどりに頼んでいたが、担任となるとそうはいかない。当然ながら放課後も一緒に過ごすことがなくなった。

「みどりせんせ」

つい癖で振り向いて呼んでしまう。そこにはシャキシャキおばちゃんの顔。最初は、「ん?」という顔で笑っていたのに、何度も呼んでしまうものだから、シャキシャキおばちゃんは、ニヤニヤしながら、「あっち」と言って一年団の方を指さすようになった。秀一は恥ずかしくて、耳まで真っ赤になった。

「二学期から一年二組を担任してください」

夏休みの終わり、校長からそう告げられた。みどりは嬉しかったが、それよりも不安と緊張が大きかった。初めての担任、しかも一年生。一学期、担任が休みの時、代わりに何度か学級に出たことがあり、何人かの子は顔を知っていた。一緒に休憩時間に遊んだこともある。でも名前と顔が一致する子は二〜三人の目立つ子だけだった。

写真と名簿をもらい、一生懸命覚えようとしたけれど、四十人もの子どもたちの顔と名前を覚えるのはみどりには無理だった。

「ま、何とかなるよ」

といつもの楽観主義で迎えた二学期だったが、いざ始まってみると、何とかなったのは最初の三日ほどだった。

新しい担任への緊張感が解けた子どもたちは、休憩時間になるとみどりの周りに寄ってきて、我先にと一斉にしゃべり出す。

「ちょっと待って、順番ね」

と言ってもお構いなし。好き勝手にしゃべる。

授業時間中も静かになる時がなかった。「静かに！」と言っても聞くわけがない。みどりは一週間も経たないうちに喉が涸れ、見事なハスキーボイスになってしまった。

それでもみんな可愛かった。みどりがいくら怒っても、ケロッとして休憩時間にはくっついてくる。膝や肩によじ登ってふざけている。子どもたちの屈託のない笑顔を見ると、何もかも許せた。幸せな気持ちになった。

放課後、翌日の準備をしながら隣のクラスの先生としゃべるのは楽しく、次々湧いてくる子どもたちのエピソードに、笑い合った。職員室でも、一年団の先生たちとコーヒーを飲みながら子どもたちの話は尽きなかった。やっぱり担任は面白い。

時々ちらっと秀一の方に目をやるが、秀一はたいてい下を向いて何か読んでいる。

（教材研究でもしてるのかな？）

席が離れてからというもの、秀一が全くと言っていいほど話し掛けてこなくなった。「おはようございます」と、「お疲れさま」くらいだ。あれだけいつも一緒だったのに、とても遠くなってしまった気がした。

秀一はだんだんつまらなくなってきた。毎日が味気ない。口数が少なくなった秀一。笑い顔も減ってしまった。

みどりは、近くの女先生たちと楽しそうにきゃっきゃっと笑い声を上げながらはしゃいでいる。

（フン！　何が面白いんだ。あんなにはしゃいで。うるさいぞ、ちくりん）

仲間の独身男たちと適当に時間を潰しながら、秀一の目はみどりを追っていた。

いつの間にか、校内のどこにいてもみどりの姿を探し、声に耳を傾けている秀一だった。それなのに、廊下ですれ違っても以前のように気軽に声が掛けられない。目を合わせることさえできなかった。家に帰ってもみどりのことばかり考えている。わけもなくイライラする。

（あー、もう！）

秀一が教室の机で頭を掻きむしっていると、

「どうした、先生？　頭、かゆいの？」

クラスの一人の子が心配そうに覗き込む。

しまった、ここは教室だ。


二学期も終わり、いよいよ今日から冬休み。

二週間の冬休みは、教員も結構ゆっくり休みが取れる。クリスマスで街は盛り上がっているけれど、秀一は予定が入っているわけでもなく、家ではクリスマスを祝うわけでもない。

「クリスチャンでもないのに、クリスマスだからって騒ぐことない」

というのが、秀一の母・律子の持論だ。

秀一は特にすることもないので、暇つぶしにパチンコをしたり、ゲームをしたりして過ごした。

ただ、年末と年始はそれでも家族と過ごす。家族といっても今は父の伸介と、母の律子、それに寝たきりのじいちゃんがいるだけだ。二人の姉がいるが、二人ともすでに嫁いでしまっている。伸介は家のことは全くしないので、じいちゃんの世話も年末の買い物や大掃除も、みんな律子がしている。だから、大掃除の窓拭きや買い出しの送迎など、秀一も手伝った。律子も秀一を当てにしていた。大みそかの年越しそばと元日の朝の雑煮は、家族揃って食べるのが、中田家の習わしだった。

正月三が日、秀一は今年もだらだらと部屋に籠って過ぎてしまった。初詣もどこに行くわけでもない。一度だけ映画を見に行った。もちろん一人で。「フーテンの寅さん」の今年のマドンナは浅丘ルリ子だった。相変わらずの寅さんの自由奔放な生き方に心が和む。やっぱり正月は寅さんのものだ。

「おう、秀一。今、金元の所にいるんだけど、来ないか？　麻雀しようぜ」

家でゴロゴロするのにも飽きてきた一月五日、高木から電話があった。すぐに金元の家に行った。高木、金元、石田が待っていた。

四人で卓を囲む。独身野郎が四人、当然のように女の子の話題になる。

金元が言う。

「良子先生、いいよな。美人だし、優しいし」

「だよな。でも彼氏いるらしいぜ」と、石田。

「やっぱりーそうだわな」

「みどりちゃんも、ちっちゃくてかわいいな。俺好みかも」

（ドクン！）

高木の言葉に秀一は思わず顔を上げた。持っていたパイが転げ落ちた。

（やばい！）

三人の視線が一斉に秀一に集まった。

「ん？　秀一クン、ひょっとして、みどりちゃん、気にしてた？」

「一学期の頃、やけに仲良かったもんなー」

「いや、そんなわけないだろ、あんなちんちくりん」

そう言いながら、秀一は耳まで真っ赤になっているのが自分でもわかった。

とうとう冬休みが終わった。明日から三学期が始まる。

（あーあ）

秀一は大きく溜め息をついた。


始業式の日は、昨夜からの雪で校庭は真っ白。たくさん降り積もった。

体育館での式が終わると、どの学級も外に飛び出した。

秀一も四年二組の子どもたちと雪遊びに出た。校庭に出たとたん、雪合戦が始まった。子どもたちは秀一に向かって容赦なく雪玉を投げてくる。

次々飛んでくる雪玉を交わしながら秀一が逃げ回っていると、何かにドンとぶつかった。バランスを崩して雪の中に転んでしまった秀一。見ると雪で頬が真っ赤になったみどりがすぐ横で転んでいた。そこへ、秀一のクラスの子どもたちと、みどりのクラスの子どもたちが、ここぞとばかりに雪を持ったまま一斉に覆い被さってきた。秀一とみどりと子どもたちは、みんな一緒になって雪まみれになった。

真っ赤になったみんなの笑顔が弾け飛ぶ。秀一は久しぶりに大笑いした。太陽の光で頭に被った雪がきらきら光る。真っ赤になったみんなの顔や体から、湯気が立ち上っている。

キーン　コーン　カーン　コーン

チャイムが鳴った。

「よーし、帰るぞー」

雪を払いながら秀一が声を掛けた。

「あー、面白かった！」

「センセー、次の休憩もまたやろー」

「みどり先生もまた一緒にやろー」

子どもたちと一緒にわいわいしゃべりながら教室に向かった。

大満足の子どもたち。秀一とみどりもウエアの雪を払いながら、足取り軽やかに中に入っていった。


一月の終わり、若者同士で飲み会をした。言い出しっぺは石田実。石田、金元、高木、秀一という独身貴族四人の他に男性六人、女性はみどりを含め八人が参加した。

みどりは相変わらず周りの女性教師たちと楽しげにしゃべっている。時折聞こえてくるみどりの声が、秀一の心を掻き乱す。時々秀一の方を見ながら笑っている。

「秀一くーん、みどりちゃん、チラチラこっち見てるみたいだよー」

真っ赤な顔をして高木がニヤニヤする。

「ひょっとしたら脈あるんじゃない？」

「ほれほれ、ここらでデュエットでもどう？」

石田と金元も盛んにけしかける。高木がカラオケに「銀座の恋の物語」をセットした。

イントロが流れ始めた。

「始まったぞ、秀一早く！　みどりちゃん指名して！」

仲間に煽られ、酔っぱらって気が大きくなった秀一は、酒の勢いも手伝って、デュエット相手にみどりを指名した。

「みどり先生ー、お願いしまーす」

「はーい」

みどりは気楽に応じた。

秀一の周りにいる三人が、ヒューヒューと指笛を鳴らしてはやし立てる。さらには手拍子まで始めた。

（やめてくれよ）

みどりの方をちらっと見る。

訝し気な顔。怒っているようにも見える。

みどりは立ち上がりかけたのを止めて、その場に座ってしまった。

みどりの座っている場所は、秀一から遠く離れていた。秀一も自分の場所から動くことができなかった。

歌が始まった。それなのに、秀一とみどりは、端っこと端っこの席でただマイクに向かって声を出しているだけだった。デュエットなんてものではない。秀一の周りは酔いが回って真っ赤になった男たちが勝手に合いの手を入れたり、拍子外れに手を打ったりして騒いでいる。みどりは遥か向こう。顔を向けることさえできなかった。

曲が終わった。酔っぱらった彼ら三人だけが勝手に盛り上がっているだけだった。

(最悪……)

秀一はすっかり落ち込んでしまった。

その夜、自宅に帰った秀一は一睡もできなかった。ガンガンする頭の中で、どうすればいいかさんざん悩んだ末、秀一はメモを書いた。

翌日。

朝早く学校へ行った秀一は

『昨夜のことを謝りたいので、学校が終わったらモンカフェに来てください』

と書いたメモをみどりの車のフロントガラスに挟んだ。直接話す勇気はなかった。


「何、あれ?」

みどりは若者会が終わって家に向かって歩きながら、腹が立ってしょうがなかった。秀一から、「みどり先生」と呼ばれた時は、ちょっぴり嬉しくてマイクを取ったのに、見ると、向こうの方で何やら盛り上がっている。秀一はというと、マイクは持っているものの、周りの先生に「やめろや」とか何とか言ってるみたいで、立ち上がろうともしない。みどりは立ち上がろうとしたが、止めた。

座って歌いながら、ちらっと秀一の方を見ても、秀一は下を向いたままぼそぼそと声を出しているだけで、こちらを見ようともしない。せっかくのデュエットなのに、ちっとも楽しくなかった。

ぷりぷりした気持ちを引きずったまま、家に帰って布団にもぐった。

翌日、学校で秀一が何か言ってくれるかと期待したが、顔を合わせても知らん顔で、昨夜のことはなかったかのように淡々としている。

放課後になってやっと、(ま、そんなもんか)と気を取り直したものの、残業する気にもならず、帰ろうと車に乗ろうとした時だった。
フロントガラスに何か紙切れのようなものを見つけた。秀一からのメッセージだった。
みどりはモンカフェに向けて車を走らせた。
（来てくれるだろうか……）
秀一は学校が終わるとすぐに、モンカフェに行ってみどりを待った。
やけに喉が渇いて水を何度もお代わりした。
怒っているよな……なんて言おう……。
　チリン
ドアが開く音がするたび、ドキッとする。
（違った……）
入ってくるのが見知らぬ人だと、ホッと胸を撫で下ろした。
　チリン
四回目のドアチャイム。みどりだった。秀一はゴクリと唾を飲み込んだ。
みどりがぐるっと店内を見回している。
秀一の席で目が留まった。

みどりが近づいて来た。

席につくや否や、

「昨日のあれは何だったんですか？」

みどりは低い声で静かに言った。その声が秀一には責められているように感じられた。

（やっぱり、怒ってる……）

「ごめん、悪かった。怒るよなぁ。ほんとに、ほんとにごめんなさい」

秀一はテーブルに頭を押し付けて謝った。そして恐る恐る顔を上げた。みどりと目が合った。その目をじっと見つめ返す。

「でも、ホントなんだ。僕と……学校抜きで、付き合ってほしい」

何が『でも』なのか、何が『ホント』なのか意味がわからないのだけれど、案外さらっと付き合ってほしいと言葉にできて自分でも驚いた。しばらく間があってから
「本気ですか？」

みどりが真剣な目で言った。

秀一はしっかりと頷いた。そしてみどりの目を見た。

すると彼女の目が笑っているではないか。入ってきた時の硬い表情が消え、柔らかな笑

顔になっている。

（えっ？）

意外だった。てっきり嫌な顔をされ、断られると思っていた。

（ひょっとしてＯＫってこと？）

秀一はもう一度みどりの目を見た。

みどりはにっこりと笑って、こっくりと頷いた。

張りつめていた緊張の糸が嘘のようにほどけていった。それから秀一たちは、何事もなかったようにおしゃべりをした。学校のことだけでなく、オーロラを見たいという自分の夢や、大学時代に北海道で放牧体験をしたこと、昔見た映画の話、高校時代はトランプばかりやっていたことなど、次々と話した。不思議なことに、すらすらと言葉にできた。みどりは秀一の話にウンウンと頷いたり、時にはクスクス笑ったりしながら目をクルクルさせていた。秀一は、みどりが楽しそうに自分の話を聞いてくれるのが嬉しくてたまらなかった。


秀一とみどりの交際が始まった。

学校の子どもたちにも同僚にも秘密の交際だった。校内ではお互いに素知らぬ顔をした。

紙のメモでやり取りをしながら、学校から離れた喫茶店で待ち合わせをした。一緒にお茶を飲み、いろんなことを話した。ある時は小高い丘までドライブし、夜景を見ながら過ごした。

休みの日には、少し遠出をして山に登ったり、海を見に行ったり、隣町まで映画を見に行ったりした。

初めて二人で行った海岸の砂浜で写真を撮った。秀一の車のルーフにカメラを置き、タイマー設定。「ジー」と鳴り始めると同時に、「それっ」と二人で走り、カメラに向かった。潮風に吹かれる二人の幸せな笑顔がカメラに収まった。

何をしても、また、何もしなくても、一緒にいるだけで、幸せを感じた。

大山滝に行った時のことだ。薄暗くなりかけていたけど、行ってみようと二本の滝があるという奥の方へ向かった。山道を進んでいくと川があった。一本の吊り橋を渡ると道はさらに狭くなり、二人並んでは歩けないほどだった。下の方からさわさわと音がする。用心しながら歩いていく。やっと広い場所に出た。流れる水の音がする。見ると、少し向こうに滝が見えた。

「わあ、すごい!」

初めて見る滝に、みどりは歓声を上げた。暫く二人で滝を眺めた。

「そろそろ帰ろっか」

「うん」

いつの間にか夜の帳《とばり》が降り、辺りは真っ暗になっていた。広場を過ぎ、狭い山道に入ると、何も見えなくなった。木が生い茂り、月明かりも全く入ってこない漆黒の世界だった。お互いの顔さえ見えない。つないだ手だけが頼りだった。一歩間違えば、足を滑らせて沢に落ちてしまう。

沢の水音と山肌を感じながらゆっくりと足を運んだ。時折、前を行く秀一が、ズルッと足を滑らせ転びそうになる。みどりがギュッと手に力を入れる。

秀一はみどりの手が離れないようにしっかりと握り、足元を確かめながらそろりそろりと進んでいった。握っているみどりの手の温もりが秀一の心の支えにもなった。

暗闇の中をどのくらい歩いたのだろう、視界が開け吊り橋が見えた。

(助かった!)

お互いの信頼をしっかりと感じた。

(結婚したい!)

付き合い始めて二カ月ほどたった頃には、秀一はそう思うようになった。秀一からはっきりとプロポーズしたわけではないが、みどりも同じ気持ちだった。

三月半ばの日曜日、秀一はみどりを両親に紹介した。

父・伸介も母・律子もとても喜んでくれた。

「今度みどりさんも一緒にボーリングにでも行こうか」

伸介が弾んで言った。

（よかった――）

みどりにもすぐにそのことを伝えた。

「よかった。私、緊張してうまく話せなかったから……」

「うん。大丈夫。おやじなんか、かえってそれが可愛かったみたいだよ。素直でいい子だなって言ってた」

秀一は嬉しくてたまらなかった。結婚はいつがいいかな……新婚旅行はやっぱり海外がいいよな……あれこれ思いを巡らせ、にやけている秀一だった。秀一は幸せの絶頂にいた。そしてそれは、これからもずっと続いていくと、秀一は信じていた。

三月。秀一、二十六歳、みどりは二十三歳の誕生日を迎えたばかりだった。


「秀一、悪いけど結婚には賛成できんわ」

何日かして、父の伸介が申し訳なさそうに言った。

「え、何で？　父さんも母さんもあんなに喜んでいたのに」

「いやあ、あの時はな。みどりさん、いい娘なんだけどな……」

伸介が言いかけると、台所で漬物を刻んでいた律子が、振り返ってギロリと伸介を睨んだ。

「とにかく、結婚だけは諦めてくれんか」

「何だよ。何でだよ」

伸介にいくら詰め寄っても、理由を聞いても、口ごもってはっきりと言わない。

「交際だけならいくらでもいい。でも結婚はダメだ」

「母さんも？」

すがる思いで秀一は律子の顔を見た。

「はい、結婚はやめなさい」

「わけわからん」

秀一はプイッと二階へ上がった。理由も言わずに反対だなんて納得できるわけがない。いくら聞いても、二人とも口をつぐんで何も言わない。とにかく反対の一点張りだ。普段ならきちんと応えてくれる律子も頑なに首を振っていた。

（いったいどうしたというんだ……）

秀一は三日間ほど頭を抱え込んだが、さっぱり理由がわからない。みどりの何が気に入らなかったのだろう。顔を合わせたのはあの日一回きり。そして伸介も律子もニコニコして気に入ってる風だった。こんなに強く結婚に反対されるなんて思ってもみなかった。

秀一は姉の麻子に相談をしてみた。そしてぼんやりと理由がわかってきた。

『結婚』となって伸介と律子はみどりの家についていろいろと調べたり訊ねたりしたようだ。そしてどこからどう聞いてきたのか、みどりの家が『狐もち』だという。『狐もち』は周りから、忌み嫌われるという。何の根拠もないのに。だから、結婚を認めるわけにはいかないと。代々続いてきた家に「狐つき」といわれる家から嫁を迎えるなんて、ご先祖や親せきに顔向けができないと。

「私もね、秀一に味方してやりたいけど、お母さんの気持ちもわからなくもないんだ。それに親戚からも何言われるか……。狐もちなんて迷信でしかないとは思うんだけど、それでもねえ」

秀一の生まれた中田家は、かつて商売で財を成し当地では有名な家だった。戦後、商売に行き詰まり、持っていた土地が随分と人手に渡ったけれど、それでも屋敷は広く旧家の名残はあった。秀一の母・律子が家を継ぎ、守ってきていた。そして秀一はその家の長男だった。小さい頃から中田の家を継ぐのは秀一だと言われてきたし、自分でももちろんそのつもりでいた。

（だからって——）

それとこれとは関係ないじゃないか。そもそも『狐もち』って何だよ。『犬神家の一族』じゃあるまいし。たたりとか、血筋とか、今の時代に考えられない。こんな迷信を父さんも母さんも信じているのか？　姉ちゃんも姉ちゃんだよ。

今までどんな時でも味方になり、支えてくれた母・律子の強い反対に遭い、秀一は戸惑いを隠せなかった。

律子は頑として首を縦に振ろうとはしなかった。こうなると何を言っても聞き入れない律子の性格を秀一は小さい頃から知っていた。また、一度言ったことを覆すような律子ではないことも知っていた。父・伸介に向けて微かに抵抗をしてみたものの、伸介も申し訳なさそうにするだけだった。

（こんな考えでいる両親の所へみどりが来ても、嫌な思いをするだけだ。いっそ別れた方がみどりも幸せかもしれない）

（姉ちゃんたちはもう結婚して家を出てるし、僕が家を継がなきゃ、中田の家はなくなっ

てしまう。親の納得する結婚をして家を守っていくのがいいのだろうか）

（でも――自分はみどりと別れることができるのか――）

いやいや、秀一は首を横に振りながら、頭を抱え込んだ。堂々巡りの、憂鬱で悶々とした日が続いた。

教室で四年二組の子どもたちと一緒に過ごす時だけが、唯一この問題を忘れられた。

三月の終わり、学校の裏山には紅白の梅の花が見事に咲き、春の訪れを告げていた。今日は終了式。そして離任式でもあった。みどりは四月から隣町の小学校に転勤することになった。

四年二組の子どもたちとも今日が最後だ。秀一は昨年から続いて二年間担任としてこの子たちと共に過ごした。怒ったことも叱ったこともあったけれど、浮かんでくるのは子どもたちの屈託のない笑顔ばかりだ。みどりも一年生の子どもたちと最後の日を笑って過ごしている。離任式でみどりは泣いていた。花束を渡した一年生の男の子も、「みどり先生――」と言った後、涙で言葉が詰まって次の言葉が出ず、みどりは男の子をぎゅっと抱きしめていた。

その夜、秀一はようやくみどりに両親が結婚に反対していることを伝えた。

「家柄のことで、両親が反対してる」

「は？　家柄？――――」

そう言ってみどりは口をつぐんでしまった。諦めのような、憐みのような目で秀一を見た。そして小さく溜め息をついた。

（傷つくよな……）

秀一は心の中で呟いた。秀一は覚悟を決めていた。みどりが別れたいというのであれば別れよう。これで嫌われたのであればそれでいい。四月からはみどりとは別の学校になる。自分も踏ん切りがつくかもしれない。

「わかった」

みどりは一言だけ言ってそれ以上何も言わなかった。この件について触れることも責めることもなかった。


みどりは、家柄云々で反対され、それをすんなり受け入れて結婚を止めるというのは絶対に嫌だった。

（家と結婚するんじゃない。私は秀一と結婚して一緒に暮らしたいんだ。秀一が結婚を止

めたいと言い出さない限り、自分の方から止めるとは言わない）

秀一から家柄云々で両親から反対されていると聞いた時から、みどりは固く心に言い聞かせた。風習やら権力やらに屈したくない。

ただみどりは、母の陽子だけには本当のことを伝えた。けれど、ほかの家族には言わなかった。心配を掛けたくなかった。それに、姉たちが知ったら、きっと腹を立て、結婚に猛反対するだろう。父の哲夫は、

「それで、結婚はいつ頃になるんだ？　みどりちゃん」

と笑って言う。哲夫は、秀一の穏やかな人柄を気に入っていた。

「うん。まあ、決まったら言うから」

と、みどりは口を濁した。


四月の転勤を機にみどりは一人暮らしを始めた。こぢんまりとした一軒家。それは、本田小学校への通勤コースのわき道を入ったところにあった。

新学期の慌ただしさに紛れ、秀一は少しの間みどりのことが頭から離れていたが、ある日通勤途中、信号を待っていると対向車線から来た赤い軽自動車と向かい合いになった。

（みどりだ！）

心臓がバクバク鳴った。

目を逸らそうとするのに、どうしても見てしまう。

と、みどりが——大きく口を動かして車の中から、「元気ー」と言ってニコニコと手を振っている。思わず秀一も手を振ってしまった。

力が抜けた。心がスーッと軽くなった気がした。久しぶりの変わらないみどりの笑顔に会い、秀一の心の中の氷が溶けていった。

次の日、みどりが学校から帰って一息ついていると、ピンポーンと音がした。

(今頃誰?)

と思いながら玄関に出てみると、秀一が立っていた。

「やあ、久しぶり」

「あ、うん」

みどりは一瞬戸惑ったが秀一を中に入れた。久々に見る秀一はどことなく元気がなかった。

「元気だった?」

「ん、まあ」

「本田小の子どもたちや高木先生たちも元気?」

みどりはできるだけ明るく秀一に話し掛けた。勢いに任せてみどりの家を訪ねてしまったものの、秀一は気まずさと照れくささが混じって、どことなくぎこちなかった。それでも笑って明るく話し掛けるみどりの声に、だんだんと笑顔を取り戻していった。それから互いの学校のことや子どものことなど話した。

みどりと一緒にいると心が安らいだ。自然のままの自分でいられた。何も解決したわけではないのに、両親のことも家のことも煩わしい親戚付き合いもみんな忘れて穏やかになれた。

秀一は学校の帰りにみどりの家に寄るようになった。そしてそれは、いつの間にか毎日になり、時には明け方近くまでいることもあった。一応家には帰るものの、帰っても玄関は閉まっていて秀一はいつも裏口からこっそりと入った。

両親がどう思おうと、もう構わなかった。何もかも破壊していく勢いに身を委ねた。

秀一は自分がみどりの優しさに甘えていることに後ろめたさを感じながらも、みどりに結婚について何も言い出せないでいた。みどりもそれに触れることはなかった。

月日は流れていった。

両親とは平行線のまま。ここ何年もほとんど会話らしいものをしていない。みどりとの結婚の話題については、お互いに避けていた。

そして四年が経ち、秀一は二十九歳、みどりは二十六歳になった。

秀一はもう、みどりと離れた生活など考えられなかった。それはみどりも同じだった。

「一緒に暮らそうか」

夕飯の後、お茶を飲んでいる時に秀一がボソッと呟いた。

「結婚式とか挙げなくていい。一緒に暮らそう」

今度はみどりの目をしっかりと見て言った。

「うん」

(やっと、やっと秀一の口から一緒になろうという言葉が出た)

みどりは下を向いたまま頷いた。顔を上げると涙が零れ落ちそうだった。

二人は家探しを始めた。少し古いけど、近くの上下町に一戸建ての家を見つけ、契約した。

少しずつお互いの荷物を新しい家に運んだ。冷蔵庫、食器棚、テーブル、ベッド……。

着々と二人の生活空間が出来上がっていった。ほとんどの荷物を運び、ほっとした日曜日の朝だった。

「親父にばれた……」

秀一が蒼い顔をして言った。

「え……」

みどりは言葉が続かなかった。

仲介はどこからか、秀一が家を借りていることを耳にしたらしい。不動産屋にも会って確認したということだった。

秀一は覚悟を決めた。


翌日両親に両手をついて言った。

「勝手に家を借りてたことは謝る。ごめん。でも、僕はみどりと結婚したい。二人に反対されても結婚したい。どうしても駄目だというなら、僕はこの家を出ていきます」

「まあ、ちょっと待て」

仲介が引き止めようとする横で、

「勝手にすればいい」

律子はボソッと呟いて立ち上がり、台所の方へ行った。秀一は律子の肩が震えているのがわかったが、

「じゃあ」

と言い残して家を出た。

上下町の家に帰ると、みどりが心配そうな顔で立っていた。

「家を出てきた。もう帰らない」

みどりは小さく溜め息をついた。そして、黙って紙にくるんでいた茶碗を食器棚に入れ始めた。秀一も自分の本を、寝室に置いた本棚に収めていった。

重い空気のまま一週間が過ぎた。

父の伸介が突然一人、上下町の家にやって来た。

「秀一、みどりさん、ちょっといいか。話したいことがある」

伸介をリビングに通し、秀一は向き合った。お茶を運んできたみどりも並んで座った。

秀一は腕組みをしたまま、伸介をぐっと睨みつけた。

「律子とあれから何回かお前たちのことを話したんだけど、なかなかウンって言わんでな。

わしは、『もう一緒にしちゃらいや。あれほど言ってもみどりさんと一緒になりたいだけん。

いいじゃないか』と言ったんだ」

伸介は、ゆっくりと話し始めた。

「律子も半分は観念しとるけど、中田の家を背負っとるという気があるし、ほらあの性分だろ。それで、義姉さんに相談したんだ。そしたら、義姉さんが、『家のことは気にせんでもいいだけん、秀一の幸せを一番に考えてやれ』って律子に言ってくれて。それで律子も肩の荷が下りたんだろうで。『姉がそう言うなら』って納得したけん」

じっと話を聞いていた秀一の顔がほんの少し緩んだ。

「えっ、母さんも賛成してくれたってこと?」

「まあな。そういうことだ」

秀一はみどりと顔を見合わせた。

「ありがとうございます、お義父さん」

みどりの目から涙がぽろっと零れた。秀一はみどりの手をぎゅっと握った。

町の銀杏並木が色づき、風に吹かれ、ハラハラと舞い落ちる。その落ち葉で道が金色になり始めた。

出会いから四年と十一カ月。みどりはロングヘアがよく似合う素敵な女性になっていた。

秀一とみどりは、結婚に向けての準備を始めた。

長かった。苦しかった。何度か、くじけそうになった四年、いや五年だった。

挙式は年明けの一月五日と決まった。仲人は、律子の意向で、律子の姉夫婦にしてもらうことになった。

律子は相変わらず口数は少なく、笑顔も見せなかったが、年の瀬も迫ったある日、

「秀一、これ、みどりさんに渡して」

と紙袋を手渡した。中には真っ白の花が鏤《ちりば》められたブーケが入っていた。アートフラワーを趣味にしている律子が、コツコツと作り上げた白いブーケだった。

律子は秀一にブーケを手渡すと、すぐに、台所の方に行ってしまった。

(母さん……)

秀一は律子の手作りのブーケに目をやった。

小さい頃から律子はいつも秀一の味方であり、そばで支えた。小学校の時、言葉の違いで友達から疎外された時も、「気にせんでいいの。秀一は秀一」と言ってぎゅっと抱きしめた。第一志望の大学入試に失敗した時も、「なんてことはない、かえって家から近くなっていい」とにっこり笑った。そんな母を自分もずっと大事にしようと思ってきた。頼もしく優しい母に『反抗する』なんて思ってもみなかった。

初めて——そう生まれて初めて秀一は律子に反抗した。律子の結婚への強い反対を知り

ながら、秀一は律子も伸介も中田の家も捨てる覚悟でみどりを選んだ。

律子も中田という家を守り継いでいくことと、息子の想いを叶えることの狭間で苦しんだに違いない。そして律子は家を選び、『結婚には反対』という立場を取った。まさか秀一が自分たちを捨ててまでみどりと一緒になろうとするなんて思ってもみなかったのだろう。渋々承知はしたものの、心から祝福する気にはなれなかったに違いない。

それなのに――。

律子は秀一とみどりのためにブーケを作ったのだ。ブーケは一枚一枚丁寧に花びらが重なり、白く美しく輝いていた。

「――ありがとう、母さん」

秀一は律子の少し小さくなった背中にそっと呟いた。


結婚式の日の朝、外は一面真っ白だった。夜のうちに雪が降り積もったのだ。まだ誰も踏んでいない真っ白な道を、花嫁姿のみどりは美容師さんに手を引かれながらゆっくりゆっくりと歩いた。

みどりを乗せた特別車は、秀一の待つ結婚式会場に向かった。

披露宴会場の扉の前で、伸介と律子、秀一とみどりは、並んで招待客を出迎えた。にこやかに愛想よく会釈して頭を下げる伸介。その横で律子は、背筋を伸ばし毅然として立っていた。

披露宴は和やかに進んでいった。

会場でみんなが笑顔になっている中、秀一はいろんな思いが巡り、笑顔にはなれなかった。

母・律子はこの結婚をもろ手を挙げて認めたわけではない。律子が結婚を快く思っていないことは百も承知している。みどりのこれからのことを思うと、秀一は心の底から喜べなかった。律子は最初穏やかにみどりを受け入れた。しかし、その律子が一転、受け入れを拒んだのだ。今後どんなことでまたみどりを拒むかわからない。

一方律子にも笑顔はなかった。淡々と自分の役割を務めてはいたが、終始、表情一つ変えず凛としていた。

会は滞りなく進み、最後のお色直しに二人は立った。

和服から淡いピンクのドレスに着替えたみどりは、誰よりも輝いていた。そして律子が作った白いブーケは、みどりのピンクのドレスによく映えていた。

みどりは、ブーケをしっかりと胸に抱き、そっと秀一の腕に手を添えた。

否まれて　待ちたる五年　その母の
　作りて賜いし　ブーケ抱く娘

（二）飛行機雲

「おー寒っ」

新婚旅行先のグアムから帰ってきた秀一とみどりは、大阪空港のあまりの寒さに凍えてしまうかと体をすくませた。昨日までギラギラの太陽の下で海水浴を楽しんだり、海に潜って目の前の熱帯魚と戯れたり、ヤシの実の果汁をすすったりしていたのが嘘みたいだ。夢だったのか——いやいや、陽に灼《や》けた顔は確かに常夏の島でのバカンスを物語っていたし、秀一の鼻の頭の皮は日焼けで剥《む》けかかっていた。

両手で自分の肩を抱え込みながら二人は店に入り、和定食を食べた。

「あー美味しい！　やっぱり和食が一番！」

みどりは湯気の上がる味噌汁をすすり、白菜漬けを口に入れて目を細めた。秀一はほかほかの白飯を搔き込んだ。

結婚式当日、朝から降り積もった雪で予定していた飛行機が運休になり、急拠列車で大阪まで行くことになった。たくさんの招待客を会場に置いたまま、秀一とみどりは、新婚旅行に向かったのだった。

一週間のパラダイスはあっという間に過ぎ去り、二人は現実に戻された。明日、明後日は親戚やら上司、友人らの家を訪問し、土産を届け、お礼を言って回らなければならない。米子に向かう特急「やくも」の中で、鳥取県に入った途端二人同時に「はあー」っと溜め息を漏らし笑い出した。窓に映るお互いの顔がおかしくて一緒に吹き出してしまった。県境のトンネルを抜けた。山陰は、まだたくさんの雪があった。駅に着いたその足で秀一の実家に向かった。すでに夜の八時を回っていた。

「ただいま」

「おう、帰ったか。お帰り」

迎えてくれた仲介の声が弾んでいた。

「ただいま、帰りました」

みどりは炬燵《こたつ》でテレビに向かったままの律子の背中に向かって声を掛けた。土産物を広げ、上機嫌の伸介と旅行の話をする秀一。みどりも時折口を挟んだり頷いたりした。

「おう、律子よ、お前もこっちに来て一緒に話さんかや」

律子はテレビを止めて、三人が話している所へやって来た。

「ほれ、これはグアムの珊瑚だとよ。きれいだなあ。こっちは星の砂、よう見るとほんに星の形しとる」

「ああ、知っとる。前に姉からもらった。同じやつだ」

律子の対応はそっけなかった。さっきまで楽しそうにしゃべっていた秀一の口数が減った。

「じゃ、そろそろ帰るわ」

「おう、お前たちも長旅で疲れとるけんな。ゆっくり休めや。また来いや」

「おやすみなさい」

スーツケースと土産の大袋を抱えながら、秀一とみどりは上下町の二人の家に向かった。二人の新しい生活がいよいよ始まる。

新生活といっても交際期間が長かった二人は特に新鮮さはなく、今までと変わりない生活であった。ただ、みどりは、白石みどりから中田みどりになったことがちょっぴり気恥ずかしく、そして嬉しかった。それに、もう伸介と律子への後ろめたさを感じなくていい。上下町の家は秀一とみどりの『我が家』だった。朝起きて朝食を一緒に食べる。張り切り過ぎてついつい作り過ぎてしまうみどりだが、秀一は全部平らげた。

「じゃあね」

「いってらっしゃい」

と交わす朝は心が弾んだ。

「晩ご飯何がいい？」

と聞くのも嬉しかった。


一月の終わり頃だった。何だか体がだるくて熱っぽい。

（風邪かな？）

ご飯もすすまないし、匂いだけでムカムカする。そういえば——月のものがまだ来ていない。

（ひょっとしたら……）

みどりは半信半疑だったが、産院を訪れてみた。妊娠三カ月だった。

「あのさ、秀一」

夕食を食べながらみどりは、にやけそうになるのを必死で我慢して何げなさを装い秀一に声を掛けた。

「あのさ、今日産婦人科に行ってきた」

「えっ、産婦人科？」

「うん、でさ——……三カ月だって」

「三カ月？　ひょっとして赤ちゃん？」

秀一は箸を握ったまま目を丸くした。

「当たり！」

「やったなあ！」

秀一は思わずみどりの手を取った。みどりも途端に顔が緩んだ。みどりがそっとお腹に手を当てゆっくりなぞると、秀一も手を添えた。

次の日曜日、二人は伸介と律子の家を訪れ、みどりの妊娠を告げた。

「ほう、よかったな。おめでとう」

相好を崩す伸介。その横で律子はぼそっと、

「三カ月ね……」

と呟いた。

みどりはご飯の匂いが気になるくらいで酷いつわりもなく、妊娠生活は順調に過ぎていった。

三月末、律子が長い間介護してきた秀一の祖父が亡くなった。秀一とみどりは上下町の家を引き上げ、四月から実家で同居することになった。同居といっても住むのは秀一の家の離れで、もともとあった蔵を簡単に改造して借家としていたところだ。二階の天井は低く、秀一が立つと天井に頭がつかえそうになるほどだった。建物も古くて薄暗く、時折小さな家ネズミがカーテンの後ろをチョロチョロと走り回ることもあった。二人とも仕事があったので、夕食とお風呂は律子の世話になった。幸か不幸か、平日の夕食は伸介たちはとっくに終えており、帰りが遅いみどりたちは一緒に卓を囲むことはほとんどなかった。

みどりは日に日に膨らんでくるお腹を撫でながら、

「わたし、母親になるんだ――」

と出産への喜びと期待とで胸が高まっていた。

七カ月にもなると、お腹の中の子がみどりのお腹を蹴ってくる。

「ほら、動いたよ!」

ちょっとでも胎動を感じると、秀一に声を掛けた。そのたびに秀一がみどりのお腹に手を当てるが、不思議と動きが止まってしまう。

「わからんなあ」

こんなに動くのに……みどりは秀一とこの感動を共有できないのがもどかしかった。臨月が近くなると、お腹はますますせり出してきた。


四十四回目の終戦記念日を迎えた八月十五日、秀一とみどりは二人揃ってみどりの実家を訪れた。テレビでは、記念式典の模様が映し出され、昭和天皇が白い菊の献花の前で、黙とうをしている。

「おうおう、来たか。まあ座れや」

みどりの父・哲夫がニコニコしながら、卓の向こうで手招きをしている。結婚して初めての里帰り。みどりは久しぶりに父の笑顔に会い、嬉しくてたまらなかった。父と挨拶を交わしていると母の陽子が大皿を持って台所から出てきた。

「秀一さんいらっしゃい。よう来てごしなったな」

大皿には、瑞々しい西瓜がずらりと並んでいた。

「みどり、調子はどんな?」

陽子が笑いながら軽く声を掛けた。かぶりついた西瓜を飲み込み、口の周りを拭きながら、

「うん。順調だよ。でももう足元が見えないし、重たい。足の爪を切るのが大変！」

そう言って前に大きく張り出したお腹を愛おしそうにそっと撫でた。みどりは産後も一カ月は実家で過ごすつもりでいた。

「みどりをよろしくお願いします」

翌朝、秀一は哲夫と陽子に挨拶をして中田の家に帰っていった。


盆送りも終わり、三日経った早朝だった。みどりは体から生温かい、水のようなものが流れ出ているのを感じた。

「破水……かもしれない」

母の陽子に言うと、多分そうだろうと言った。義兄の車で、陽子と一緒にすぐに産院へ向かった。破水で間違いなかった。ただみどりは初産で、子宮口もまだほとんど開いていなかった。陣痛も起こっていない。急がなければお腹の中の子に危険が及んでしまう。陣痛促進剤と子宮口を柔らかくする薬を投与することになった。病室のベッドで点滴を受ける。

連絡を聞きつけて、秀一と律子が駆け付けた。締め付けるような、張り詰めるような痛みが定期的に襲ってくる。律子がそのたびにみどりの背中をさすった。律子が来てくれていることはわかっていたが、一心で痛みをこらえているみどりは声を出すこともできなかった。「ありがとう」という言葉も声にならず、みどりは、ぎゅっと目を瞑って痛みをこらえた。

「よし、子宮口八センチ」

昼過ぎになり、ようやくみどりは分娩室に向かった。

フ、ギャア

弱弱しい産声が聞こえた。

「おめでとうございます。女の子さんですよ」

それは本当に、小さな小さなみどりの両手にすっぽりと収まってしまうほどの赤子だった。触ったら壊れてしまうのではないかと思うほどの細くて透き通った指。その赤子がくしゃくしゃで真っ赤になって声を上げている。安堵と喜びに胸がいっぱいになった。みどりの目から涙が零れ落ちた。

太陽のように明るく元気に育ってほしいと、「陽香」と名前を付けた。

陽香は吸う力が弱く、授乳がなかなかうまくいかなかった。

「赤ちゃんもお母さんも初めてなんだから、うまくいかないのは当たり前ですよ。そのうち上手になってきますから、大丈夫」

助産師さんの言葉に焦りが少しは和らぐものの、毎回哺乳瓶のミルクにお世話になっているのを申し訳なく思うみどりだった。

出産から三日目、ようやく、母子同室になった。寝息も聞こえないくらいすやすやと眠っている陽香は天使だった。時々小さくあくびをしたり、口元をむにゅむにゅと動かしたりする。小さな瞳をパチッと開けることもあった。

陽香の顔を見ているだけで、みどりはこの上なく幸せだった。ずっとずっと眺めていられた。

同室になって三度目の授乳の後、陽香の口から飲んだばかりのミルクが噴水のように吹き上がった。

(何？　どうした？)

慌ててナースコールを押した。駆け付けた看護師が、陽香を抱いて小児科に向かった。

『新生児突発性嘔吐』——新生児にはよくある症状だそうだ。陽香は二日ほど小児科に入院することになった。

みどりが小児科病棟に行ってみると、陽香は小さなベッドに寝ていた。そして、その細く小さな透き通った手の甲には点滴の針が刺さっていた。針がやけに太く見える。

（あんなちっちゃな手に――）

みどりの瞳にみるみる涙がたまり、零れ落ちた。陽香のあの小さな手に金属の針が刺さっている。悪魔の指のように天使の手に刺さっている。その針が抜けない。念力を使って抜いてやりたかった。でも抜けない。これは悪魔の仕業ではない、陽香の治療のために医者が処置してくれたのだ。みどりはそう自分に言い聞かせ、納得して、やっと陽香を見ることができた。それでも透き通った手と、そこに刺さる太い針の映像が焼き付き、自分の病室に帰ってからもみどりの胸を締め付けた。

二日ほどして陽香は病室に帰ってきた。

「よかった。陽香――」

みどりは涙ぐみ陽香の柔らかな髪にそっと触れた。


陽香を抱いて秀一の車で家に帰ると、律子が食事を用意して待っていた。その横には律子が仕立てたベビー布団が敷いてあった。

陽香をその布団にそっと下ろす。小さな布団にさらにちっちゃくチョコンと陽香は収まった。手足を小さく曲げ、気持ちよさそうに眠っていた。伸介も奥の部屋から出てきた。

「ほほう、ほほう」

小さな陽香を眺めて、ニコニコと目を細めている伸介だった。律子は陽香にちらっと目をやったものの、特に何を言うわけでもなく台所に立ち、膳を持ってきた。膳を置いて陽香の顔を見ていた律子が、

「よかったな、秀一に似ていて」

と、ぼそりと呟いた。


産後の一カ月は実家で過ごすと決めていたみどりは、陽香をしっかりとお包みにくるんで抱っこし、秀一と一緒に向かった。

「お義父さんやお義母さん喜んでくれるかな」

「うん、父なんか子どもが好きだから、きっと陽香が可愛くてしょうがないよ」

みどりは早く両親に陽香を見てほしくてたまらなかった。陽香はすやすやと眠っている。

「かわいいなあ。やっぱり僕に似てるんじゃない？」

秀一もちらちらと陽香の顔を見て、嬉しそうだ。

「はいはい。パパさんそっくりですね～」

二人で顔を見合って笑い合いながら実家についた。

ところが……。

車を降りて門をくぐった二人は立ち止まり、目を見張った。

（――家がない、そんな――）

入院前には確かにあった。なのに――その家から確かに病院に向かったのに、それが跡形もなくなっている。どうしたというのだ？　何があったのだ？　母・陽子の姿も見えない。哲夫もいない。

狐につままれたようだった。あるのは門の横の姉・政恵家族の住まいと小さな離れだけ。あったはずの母屋が消えていた。秀一と顔を見合わせた。首をかしげるばかりだ。茫然として門の前に立っていた。すると、奥からみどりのもう一人の姉の良子が子どもをおんぶして出てきた。

「びっくりだよねー」

良子は笑っている。

良子の話によると、実家の古い母屋を壊して新しく家を建てる計画が進み、みどりが入院している間にその解体工事が行われたということだった。さらにはみどりの退院の前日、農作業中に草刈機の歯が陽子の脇腹に当たり、陽子は入院したという。幸い歯は内臓までは届かず一週間ほどの入院で済むらしい。哲夫は陽子の病院へ行っているとのことだ。良子の話を聞いて安心したものの、陽子に草刈機の歯が当たったことには仰天した。想像しただけでぞっとする。よくまあ一週間の入院で済んだことだ。当たり所が悪かったら、命に関わっていたのではないか。

そんなわけで、鳥取市に住む良子が急拠、まだ幼い子どもを連れて応援に駆け付けたのだった。

陽子は、一週間してケロッとして帰ってきた。

「産後の大事な時だに、心配かけたな。腹の脂肪があったおかげで命拾いしたわ。ハハハ」

政恵家族の住まいの一階を借りの住まいとし、そこに、陽子と哲夫、祖母の文、良子親子、そしてみどりと陽香が過ごした。たった一部屋の狭い中での日々だったが、良子や陽子に沐浴やら授乳のコツやら教わりながら、あっという間に一カ月が経った。温かい家族に囲まれてみどりは、産後の一カ月をゆったりと幸せに過ごした。秀一も毎日仕事帰りに陽香の顔を見にやって来た。

陽香はミルクをしっかり飲み、よく寝た。全くと言っていいほど手のかからない子だった。中田の家に帰る頃には、ずっしりとはいえないまでもかなり重さを感じるほどに育っていた。

秋の涼しい風が心地よく吹き始めた。あれほど暑かったのが嘘みたいだ。暑さ寒さも彼岸までとはよく言ったものだ。彼岸が過ぎた頃から、風の温度が変わった。

九月の終わり、みどりは中田の家に帰ってきた。

(さあ、これからは一人だ。がんばらなくっちゃ)

不安はあったけれど、この一カ月で何とか子育てというものに慣れてきたみどりは、「大丈夫。がんばる！」と自分に言い聞かせた。


「お父さん、行ってらっしゃーい」

朝、陽香を抱っこし、秀一を見送る。秀一が、ニコニコして陽香の頭を撫でる。

「行ってくるよ、みどり母さん。陽香、いい子にしてるんだよ。バイバイ」

みどりは憧れていた理想の親子の朝が嬉しくてたまらなかった。

陽香にミルクを飲ませ、洗濯物を干す。何枚もの布オムツもちっとも苦にならなかった。むしろ、誇らしい思いだった。

一通り家事を済ませると、ぽっかりと時間が空いた。まだ十時にもなっていない。

(どうしよう？　何をしよう？)

みどりは時間を持て余した。

（家にいるのにずっとこっちにいていいのかな。陽香を連れてお義母さんの家の方に行った方がいいのかな……）

気にしなくてもいいようなことが気になりだした。あれこれ悩み、みどりはミルクとポット、オムツを持って義父母の家へ陽香を連れて行った。緊張する。

（こっちだって自分の家なんだから……）

と自分に言い聞かせて、玄関を開けた。

「こんにちは、みどりです」

小さな声で言い、中へ入る。律子は、突然やって来たみどりにちょっとびっくりした顔をしたが、黙ってベビー布団を敷いた。

「すみません」

陽香を布団に寝かせ、持ってきた荷物を横に置いた。律子は布団を敷くと陽香を抱くでもなく、みどりに声を掛けるでもなく、隣の部屋に行き、趣味のアートフラワー作りの続きを始めた。

ミルクを飲ませたり、オムツを変えたりしながらみどりは所在なかった。陽香が寝てしまうと何もすることがない。隣では律子が黙々と手を動かしている。シーンとした空気に何だか息が詰まるようだった。

（何か話し掛けた方がいいかな？　何を話したらいいのかな？　でも邪魔になるかな？）

ちらちら律子の方を窺いながら、みどりは話し掛けようとしては止め、立ち上がろうとしては止め、と何度か繰り返した後、思い切って律子のいる部屋に足を踏み入れた。陽香はスヤスヤと寝ている。

すでに仕上がったアートフラワーの牡丹が二本と、律子の前のテーブルには淡いピンクに染まった花びらがたくさん並んでいた。律子はその花びら一枚一枚にコテをあて、柔らかなカーブをつけているところだった。

「わあ、すごい！　本物みたいですね。この牡丹、お母さんが作られたんですか？」

「はい」

「花びらも一枚ずつ作るんですね」

「はい」

会話が続かない。律子はみどりの方を見ようともせず、ずっとコテを当てたままだ。みどりは言葉を選びながら懸命に明るい声で話し掛けた。

「ほかにはどんな花を作っておられるんですか？」

「…………」

「こんなきれいな色どうやって出すんですか？」

突然律子が顔を上げ、キッとみどりを睨んで言った。

「あんたは私に訊いてばっかり。自分のことは何もしゃべらずに！」

「え……」

びっくりした。

「すみません」

そう言って逃げるように、陽香を連れて自分の家に帰った。涙がポロポロ零れた。

（何か変なこと言った？）

何が律子の逆鱗に触れたのか、みどりは全くわからなかった。ひとしきり泣くと今度はだんだん腹が立ってきた。

（何であんな言い方されんといけんの！　趣味のこと聞いて悪いの？　私が自分のことばっかりしゃべってたら余計怒るでしょう！）

心の中でぶつぶつと文句を言っていたら、陽香が泣き出した。

（ごめんごめん、陽香。お母さんが怒っとったら、陽香も嫌だね）

陽香のオムツを替え、ミルクを飲ませた。陽香は、ゴックン、ゴックンとミルクを飲み、満足そうに眠った。陽香の邪気のない可愛い寝顔を見ているうちに、いつの間にかみどりの怒りは消えていた。

少しして、伸介がやって来た。

「みどりさんや、悪かったな。こらえちゃってごせよ。律子は、あんな性格だけん、カーッとなってキツイこと言ってしまうだがな。その代わり後腐れはないけん。お前も不本意だろうけど、ここはお前の方が年下なんだけん、一つお前の方から謝っちゃってごさんか。頼むわ」

そう言って頭を下げた。

年下だから謝るというのが引っ掛かったが、険悪になってもしょうがない。みどりは伸介の言葉を呑んでこの日の夕方、律子に頭を下げた。

律子は〈イエス〉、〈ノー〉がはっきりしていた。「なあなあ」、「まあまあ」といった曖昧なことが嫌いだった。それに、人に何かを頼むということもなかった。口数も笑顔も少なかった。毎日陽香を連れて母屋に行ったみどりだったが、

「何か手伝いましょうか」

と声を掛けても、「それなら」と言うわけでもなく、黙々と台所に立っている律子だった。立ち去るのも気が引け、天気の話をしながら所在なく、食卓の横に立っているみどりだった。律子は毎日四時頃になると風呂の残り湯をバケツに入れて水やりをした。これなら自分でもできるかもと、みどりはからのバケツを持って外から帰ってくる律子を待ち構えて、

「水汲んできますね」

と言って風呂から水をくみ、玄関にいる律子に手渡した。そのうち、花の水やりはみどりに任せてくれるようになった。

一緒に夕食を囲んでいる時、豪快に笑いながらしゃべっているのは伸介だった。律子は時々相槌《あいづち》を打ったり、苦笑いしたりして伸介の言うことに応えることはあったが、自分の方から話し出すことはほとんどなかった。

夕食を終え、伸介が自分の部屋に行くと、律子は秀一とは穏やかに話し始める。秀一といる時の律子は、表情も柔らかく、楽しそうだった。とはいえ、律子は時々急に不機嫌になることがあった。

五月だっただろうか隣の市で花の博覧会があるというので、律子も一緒にどうかと思い、居間でテレビを見ている律子に秀一が誘った。

「倉吉で花博があるみたいで、これから行こうと思うんだけど」

「ん――」

「母さんは――行かんわな」

すると律子はぷいと横を向き、行くとも行かないとも言わず急に立ち上がるとトイレ掃除を始めた。何もしゃべってくれない。ただそっぽを向いて黙々と掃除をしている。気まずい空気が流れた。みどりは律子がなぜ怒っているのかよくわからなかった。後からわかったが、花好きの律子はこの花博に行きたかったらしい。どうやら、秀一の誘い方が気に食わなかったようだ。

時には仲介と激しい言い争いをしていることもあった。何を言い合っているのか原因がよくわからず、みどりはただ呆然とするばかりだった。

義父母との接し方が今ひとつわからない。律子と仲介との同居に戸惑うみどりだった。

「子どもがまだ小さい頃は保育園に出すもんじゃない。子は親が育てるもんだ」

という律子の主張に、四月から仕事に復帰しようと思っていたみどりは困ってしまった。秀一と相談し、みどりの実家で見てもらうことにした。

「おうおう、なんぼでも連れてこいよ」

陽子は二つ返事で承諾してくれた。

四月から朝七時には家を出て、陽香を実家に預け、それから職場に向かうという生活が始まった。職場と実家は真反対の方角なので、職場に着くのはいつも時間ぎりぎりになった。大変な毎日だったけれど、家にいるよりはずっと気が楽で、みどりは、久しぶりの小学校がとても楽しかった。陽香もみどりの実家に慣れ、二歳年上のいとこ千絵ちゃんと一緒に遊ぶのが楽しくてしょうがないようだった。

ただ、姉の政恵はいつもブツブツと文句を言っていた。

「家にお義母さんがいるんでしょ。なんでうちで陽香を見んといけんの！」

そうした大人の事情をよそに、陽香はすくすくと育っていった。


中田の家で初めての年末を迎えた。

ようやく冬休みに入り、秀一もみどりもホッとしている時だった。律子たちと一緒に夕食を食べている時、伸介がやおら口を開いた。

「なんとなあ、皆生《かいけ》にわしの知り合いがおって、自分の所を使ってほしいって言うだがな。おまえたちどげな？　二十五日の晩だけど」

家族みんなで皆生温泉に泊まりに行くという誘いだった。

（え、年末にお泊まり？）

年末は餅つきやら大掃除やら忙しく、家にいるものだと思い込んでいたみどりは、この提案に驚いた。考えてみれば、実際に忙しいのは一日か二日くらいのもので、後は今までも結構だらだらとして過ごしてきた。それを思うと、この嬉しい話に乗った方がいいに決まっている。

二十五日の夕方、秀一の車で皆生に行った。伸介と律子と秀一とみどり、そしてやっと寝返りをするようになった陽香。温かい温泉につかり、美味しい夕飯を食べた。律子もいつになくニコニコしている。みどりはそっと顔を窺いながらホッと安堵した。何だかとても幸せな気持ちになった。姑・律子との距離が少しだけ縮まった気がした。

陽香の誕生から二年後の八月、第二子が生まれた。男の子だった。

跡取りの誕生に喜びが隠せない伸介だった。まっすぐに育ってほしいと、「真一」と名付けた。名付けの親は伸介だ。秀一が伸介に頼んだ。婿養子の伸介は姑らに遠慮し、我が子三人の名前を自分で付けていなかった。それで、秀一は長男の命名を伸介に依頼したのだった。伸介は自分で「赤ちゃんの名前の付け方」という本を買ってきて、あれこれ考えた。その本の「真一」というところに赤い線が引いてあった。

真一も陽香の時と同じようにみどりは産後、実家に行った。

まだイグサの香りがする真新しい畳の部屋。この春新しい家が完成したばかりだった。明るく、静かな客間で歩き始めた陽香と生まれたばかりの真一と一緒に過ごした。ゆったりと幸せな一カ月だった。

昭和六十四年の正月を迎えた早々の一月八日、昭和天皇の崩御のニュースが流れた。育児休業中のみどりは真一にミルクを飲ませながら、陽香と一緒にテレビに釘付けだった。小渕官房長官が『平成』と書かれた額を披露し、新しい年号を告げていた。

昭和が終わる。何だか寂しいような、でも新しい時代の始まりに少しだけわくわくするようだった。

四月から陽香は保育園に通うことになった。みどりは真一をおんぶし、陽香の手を引いて毎朝園に送っていった。一年間の育児休暇の後、みどりはやはり真一を実家に預け、仕事に復帰した。

伸介は退職後、趣味の卓球とテニスを始めた。まだ暗い早朝から近くのテニス場に行き、コートの整備をしながら仲間を待つ。夕方にも出掛け、暗くなるまでボールを追い掛けていた。

日曜日には、時々だが試合にも出場していた。秀一とみどりも子どもたちを連れて応援に行くこともあった。心地よい風に吹かれながら、柔らかな日差しを浴びて観戦した。何だか嬉しい。夫がいて、可愛い子どもがいて、一緒におじいちゃんを応援に来ている——家族っていいなあ。みどりは、すぐ横で、

「おじいちゃ〜ん」

と声を張り上げている陽香と真一に、目を細めた。

「みどりさんは卓球しとったっていうが、今度町内対抗の大会があるけど、一緒に出てみんか？」

一年に一回、町内対抗の卓球大会があるそうだ。伸介も毎年参加しているという。

大学卒業後は卓球から遠ざかっていたみどりだったが、久しぶりにやってみたくなり参加することにした。秀一もそれならと一緒に参加した。みどりと秀一は仕事が終わってから伸介と一緒に練習に行った。子どもたちも連れて行く。町内の人はみんな優しかった。ニコニコ笑って話し掛けてくれる。陽香や、真一をあやしたりおんぶしたりしてくれた。伸介のおかげで、町内の人とも心やすくなれた。

律子は、公民館でいろいろな習い事をしていた。折り紙、水墨画、編みぐるみ、人形作り。手先の器用な律子は何でもこなした。とりわけ力を入れて楽しんでいたのは、アートフラワーだった。みどりも秀一との結婚式に、律子の手作りブーケをもらったが、他にも、いろんな花が所狭しと居間に吊るしてあり、二階の部屋にもぎっしりと律子手作りの花が飾ってあった。律子は、家事以外の空いた時間は、アートフラワー作りに没頭している感じだった。

そんな律子を見ながら、みどりは律子に怒鳴られた時のことを思い出していた。

（自分が集中して細かい作業をしてる時に、横からごちゃごちゃ言われたらうるさいよな。嫌だよな）

今ならわかる。

仲介と律子は、お互いを尊重し合い、自分のやりたいことを見つけ生きている。

みどりの両親、哲夫と陽子は、ずっと農作業を共にしてきて、夫婦はいつも一緒にいるのが当たり前だった。だから、みどりは、夫婦とはそういうものだと思ってきた。中田の家は違う。長年連れ添ってきた夫婦なのに、日中はお互いが自分の部屋で、自分のしたいことをしている。一緒にお茶を飲んだり、にこやかに話したりすることがなかった。仲が悪いわけでもないのに、不思議だった。でもこんな形の夫婦もいいかなと思う。いつも一緒にいるのが理想の夫婦とは限らない。心が通じ合って、お互いを尊重し合って、いざという時には助け合っていく。みどりの両親も、秀一の両親も、違って見えるけれど、根っこのところは同じなんだ。

（秀一と私もそんな夫婦になれたらいいな）

陽香六歳、真一が四歳になった冬だった。秀一とみどりの第三子「由依」が誕生した。由依が生まれたのは十二月十三日。日曜日で、秀一も陽香も真一も家にいた。

その日の夜、産気づいたみどりは秀一と一緒に病院へ向かった。

三人目となると出産も早いと聞いていたが全くその通り。由依は分娩室に入って三十分も経たないうちに生まれた。

「もう、生まれた？」

秀一から連絡を受けた律子は、あまりの早さにびっくりしていた。

産後も、今度は我が家で過ごすことにした。秀一が陽香と真一を保育園に送り、仕事に出掛ける。その後は、律子に世話になりながら、由依とゆっくりと過ごした。

律子は相変わらずアートフラワー作りをしていたが、みどりも授乳したり、由依に合わせてごろんと横になって寝たりしていた。陽香の時にあれほど気を遣っていたのは何だったのだろうと思う。気を遣わない時間が流れていると、律子もぽつぽつと自分の方からいろんなことを語り始めた。

「だんなさんとはなあ、結婚の日まで、顔も知らんかっただで。よおまあ、今まで続いたことだ」

「お前は実家があってええな。わたしゃ実家というもんがないだけんなあ」

「兄貴は戦争で死んでしまって、弟も中学の時、海で死んでしまってなあ」

律子は七人兄弟の三番目の子として誕生した。大正生まれの律子。兄は戦死し、弟は、やはり戦時中近くの海で亡くなった。その下に二人いたが、赤子のうちに亡くなった。今は姉と一番下の弟の三人が残っている。姉は隣町に嫁ぎ、弟は東京の大企業に就職し、そのまま住み着いている。律子は、家を継ぎ親の面倒を見るために、我が家へ帰ったのだった。

「母親は、一番下の弟が可愛くて、いつも弟のことばかり言っていた」

律子の凛とした強さばかり感じていたみどりは、自分が律子の表面しか見ていなかったことに申し訳なさを感じた。親の決めた結婚をし、家を背負い、婿に来てくれた伸介に気を遣い、親に気を遣い苦労を背負ってきた律子。秀一との結婚への頑なな反対も家を思ってのことだったのだろう。

「秀一がどうしてもお前と一緒になりたいって言うだけん。家まで出るって言うだけんなあ」

笑いながら話す律子の言葉を、苦笑いしながら聞いていたみどりだった。

(お義母さん、ごめんなさい。でもありがとうございます)

と心の中で呟いた。

みどりは律子がこんなふうに話してくれるようになったことがとても嬉しかった。

みどりの生家は貧しかったけれど、家の中にはいつも笑いがあったし、誰もが屈託なく仲良く暮らしていて、それが普通の当たり前の家族だと思っていた。

律子のぽつぽつ語る思いを聞きながら、みどりは胸が詰まる思いだった。

人はみんな、表面だけでは見えないいろんな苦労を抱えて生きていること、それを乗り越え、懸命に生きていることを思った。笑いが絶えないと感じていた実家も、陽子や哲夫が苦労を乗り越え、笑いに変えて生きてきたのかもしれない。

陽子と律子は見た目も立ち居振る舞いも違うけれど、みどりは二人に同じようなものを感じた。真の強さと優しさと、賢さと我が子を思う心。

こんな母親に自分はなれるのだろうか。すやすや眠る由依を見ながら、みどりは心の中で呟いた。


三人の子どもたちは元気にすくすくと育っていった。保育園に入った当初は隅っこで小さくなっていた陽香も、卒園の頃にはたくさんの友達ができ、毎日目いっぱい遊んだ。真一も友達と一緒に忍者ごっこをしたり、逆立ちやコマ回しをしたりして保育園生活を満喫していた。

由依を背中におんぶし、陽香と真一と手をつないで保育園に向かう朝、みどりはこの上ない幸せを感じた。

伸介がいて、律子がいて、三人の可愛い子どもたちがいて、優しい夫がいて、私はなんて幸せなんだろう。秀一と結婚してよかった。中田の家に嫁いでよかった。

早春の風が心地よい。陽も明るくなり、柔らかな日差しを浴びながらみどりは保育園に向かった。どこからか、沈丁花のほのかな香りが春の風に乗って届いた。

秀一とみどりは共働きだったので、帰りはいつも遅かった。中田の家では、夕食は六時と決まっていて、二人が帰る頃には子どもたちはすでに夕食を済ませていた。秀一もみどりも帰ると急いで夕食を食べ、子どもたちを風呂に入れる。風呂はいつも家族五人全員で入った。慌しいが、その後、夜空を仰ぎながら近くを散歩するのが習慣だった。

みどりはこの時間が好きだった。一日のうちで一番ホッとする時間だ。自動販売機で飲み物を買い、そばにある石段に腰掛けてゆったり過ごす。時には一緒に駆けっこしたり、ジャンプしたりしながら、家族揃っての僅かな時間を楽しんだ。

「ほら、お月様がきれいだよ！」

「北斗七星が見えるね」

一日の喧騒を忘れて過ごす、幸せの時だった。秀一とみどりは、どこに行くのも何をするのも三人の子どもたちと一緒。買い物も、お出掛けもいつも一緒だった。普段なかなか子どもたちと一緒に過ごす時間が取れなかったので、休日などは、なるべく家族みんなで過ごそうというのが二人の暗黙の了解だ。

秀一から、「夢は何？」と聞かれた時、みどりは、

「子どもたちがみんな大きくなって、結婚もして独立した後、おじいちゃんになった秀一と二人でお茶を飲みながら縁側でゆったりと話すことかな」

と言ったことがある。

「それが夢？」

秀一はみどりを見て笑っていた。夢なんて言えないものだけど、そんな未来を想像しながらみどりも笑った。まだ幼い子どもたちを見て、

（まだまだ元気でがんばらなくっちゃ。ね、秀一さん）

と嬉しさを隠しきれないみどりだった。

陽香が小学三年生になったゴールデンウィーク、たまたま休みが揃い、みんなで四国方面に出掛けた。五人揃っての家族旅行で、子どもたちは大はしゃぎ。車の中でもずっと大騒ぎだった。トンネルに入るたびに笑い転げ、初めて見る景色に、歓声を上げていた。

米子道を走り、中国道を抜け、山陽道、そして瀬戸大橋を渡る。瀬戸内海は、夕陽を映

してきらきらと光っていた。小さな島が点々と浮かび、船も小さく見えた。やがて四国に入る。坂出の町から、高知方面に向かった。たまたま揃った休みで、急な思い付きだったので、宿泊のホテルも予約していなかった。

「まあ、どこかあるよ。最悪ラブホテルでもいいや」

と軽く考えて出掛けたが、行けども、行けどもホテルが見つからなかった。ゴールデンウィークでどこもいっぱいだった。ラブホテルらしきところも、みんな満室のサインが出ていた。だんだんと焦ってくる。ホテルは諦めてどこか駐車場に停めて車中泊するかなと思っても、駐車場さえも空いていない。そのうち、雨まで降りだした。一本道を進んでいった。上り坂になる。室戸岬展望駐車場の案内があった。

「とにかく行ってみよう。もしかしたら空いてるかもしれん」

辺りはもうすっかり暗くなっていた。てっぺんの駐車場に着いた。三台ほど車が停まっているだけだった。

「よかった」

ホッと胸を撫で下ろした。

いつの間にか雨は止んでいたが、窓を開けると虫が入ってくるし、他の車もいるので物騒だ。仕方なく、窓を閉め切った。

「暑いなあ」

「ホント、蒸し風呂みたい」

「ま、仕方ない。車を停められただけでも良しとしよう」

シートを倒してフルフラットにすると、三人の子どもたちは大はしゃぎで、飛び跳ねたりじゃれ合ったりしていた。

大型のワゴン車に親子五人で横になった。寝返りひとつできないほど狭く、そして暑かった。

「もっとあっちに行ってよ」

「くっつかないでよ」

などと言いながらふざけ合っている子どもたちを間に挟み、秀一とみどりは噴き出す汗を拭いながらも、何だかとても楽しかった。そして、深夜過ぎた頃に子どもたちはようやく寝静まった。

「みどり、起きてる？」

秀一が小声でささやいた。

「うん」

二人で車の外に出た。夜風が心地いい。満天の星を見ながら、秀一とみどりは缶ビールのプルタブを開けた。

朝、目を覚ますと外はすでに明るかった。車から出て外気をいっぱいに吸い込んだ。秀一とみどり、陽香、真一、由依、五人揃っての室戸岬の朝。

青空が広がり、遠くに海が見えた。何ていい気持ち！

真っ青な五月の空に、飛行機雲が二本まっすぐに溶け込んでいった。


「由依ちゃん、十二月はね、ケーキが三回食べられるんだよ！」

陽香がもうすぐ誕生日を迎える由依の目を見て言った。

「え、ほんと!?」

由依が目を丸くする。

「うん、十二月八日がおじいちゃんの誕生日で、十三日が由依ちゃんでしょ。それにクリスマス！」

真一が得意そうに言う。

中田の家では家族それぞれの誕生日にみんなでごちそうを食べ、ケーキでお祝いをする。律子は誕生日には、一人一人の好物料理を作った。伸介の誕生日には赤飯とタイの塩焼き、カブや白菜の漬物が並んだ。陽香には刺身、由依にはハンバーグとカボチャのポタージュ、真一はラーメンが食べたいと言うので近くのラーメン屋に食べに行った。そしてケーキにローソクを立て、歌を歌ってお祝いした。もちろん、みどりも秀一も、律子の誕生日も同じだ。

仲介の一人舞台だった食卓が、子どもたちも交えて笑いがある楽しい食卓に変わっていった。ひっそりとしていた食後も、家族みんなで揃ってお茶を飲み、楽しくおしゃべりするようになった。

みどりが秀一と結婚し、中田の家に嫁いで十二年。最初こそぎくしゃくしていたみどりと律子との関係も忘れたようになくなり、今では伸介や律子も一緒に家族みんなで柿を採ったり、けん玉に興じたり、祭りやドライブに出掛けたりしている。絆がしっかりと結ばれ、温かな家族の中にいることの幸せを感じているみどりだった。

この幸せがずっと続きますように……。

みどりは、あの五月の空にぐんぐん伸びていった飛行機雲を思い出していた。

出てみれば　昨日の嵐　今日晴れて
　飛行機雲二つ　空にのびゆく

(三) 千羽鶴

夕方からチラチラと舞い始めた雪が、夜にはボタン雪に変わった。

今日は秀一の四十三歳の誕生日、みんなで近くのレストランに食事に出掛けた。久々の外食で自然と足が弾む。陽香、真一、由依、三人の子どもたちも空から湧き出てくる大きなボタン雪を追い掛けては、手に受けたり、口を大きく開けたりしてはしゃいでいた。

小学生の陽香と真一はメニューを見ながら、あれがいいこれがいいと言い合っている。

ふわふわのボタン雪に見とれてずっと外を見ていた六歳になったばかりの由依が、

「由依ちゃんも、由依ちゃんも」

と、二人の間に割り込んでメニューを覗き込んでいる。

「これこれ、ケンカすうでないで」

律子も三人の孫たちのやり取りを笑って見ていた。伸介はいつもの調子で、孫たち相手に戦地ビルマでの武勇伝を自慢げに話している。

「朝起きてみたら、目の前にがいな虎がおってなあ。ありゃあベンガルトラだと思うわ」

などと、虎と対峙したことや、激流の中を泳いで渡ったことなど、面白おかしく語っていた。子どもたちは、時折顔を上げて相槌《あいづち》を打ちながら、大好きな唐揚げをほおばっていた。はしゃぎ過ぎて、コップの水をひっくり返してしまった由依と真一が、律子に叱られている。

トゥルルルル

突然、秀一の携帯が鳴った。席を外し、話し終えて帰ってきた秀一に、

「何だった？」

伸介が軽く声を掛けた。

「ん？　何でもないよ。仕事の話」

と応えた秀一だが、何だか様子がおかしい。心ここにあらずという感じだ。

「どうしたの？」

みどりは隣に腰を下ろした秀一に目で訊いてみる。

「田村先生から。血液検査で気になるところがあったんだって。精密検査を受けた方がいいって。明日、大学病院に行ってくる」

両親や子どもたちに聞こえないように、秀一が小声で言った。

田村先生は秀一のかかりつけの医者だ。一カ月ほど前から秀一は何となく体がだるく、微熱が続いていた。風邪かなと思い、いつも家に置いている風邪薬を飲んでみたのだけれど一向に良くならない。いつもなら、この薬を飲んで一晩か二晩寝ると元気になるのに。

そして、先週かかりつけの田村医院に行ったのだった。

「まあ、どうせ大したことはないよ」

秀一が笑って言うので、みどりもそれ以上気にも留めなかった。

美味しいご飯を食べ、お腹も心もほっこり温まり、家路についた。


翌日、秀一は大学病院へ行った。

昨夜のボタン雪が一面に降り積もり、ふくらはぎの辺りまでになっていた。真っ白な雪を踏みしめながら、病院まで歩いて行った。

すでにたくさんの人がいて、受付の前には列ができていた。やっと受付を済ませた秀一は、診察ファイルを手に血液検査や内視鏡検査など受け、最後に診察室へ入った。

穏やかそうな少し白髪交じりの医者が座っていた。内科の浜田医師だった。

「膵臓の辺りにちょっと気になる影が見られます。入院してもっときちんと調べてみましょう」

浜田医師が、淡々と言った。

「入院」――という言葉が秀一の頭の中を巡った。入院なんて思いもしなかった秀一は、自分の頭の中を整理してから浜田医師に尋ねた。

「入院は今すぐにということでしょうか?」

「いえいえ、すぐというわけじゃありません。今はベッドも空いていませんし。また連絡します」

今すぐではないと聞いて、ホッと胸を撫で下ろした。と同時に何だか拍子抜けしたようだった。

夕方秀一がみどりに話した。

「まあ、秀一さん近頃疲れ気味だったし、この際入院してゆっくり休めばいいがん」

と何でもないように明るく笑って言うみどりに、秀一も気が楽になった。

「うん。まあな。二週間ほどだけんな」

数日後、夜の九時頃に突然電話のベルが鳴った。

「ベッドが空いたので明日来てください」

「え、明日ですか？」

慌てて入院の準備をした。ある程度は準備していたが、いざとなると、ヤカンやらコップやら細々としたものを揃えるのにバタバタしてしまった。伸介と律子に入院のことを告げ、翌日秀一とみどりは病院へ向かった。

暫くは簡単な検査ばかりだった。土日は外泊もでき、平日も検査がなければ外出もできたので、秀一はたびたび家に帰っていた。

明日がみどりの誕生日という日、秀一はケーキと花を買って家に帰った。すると、由依とみどりが布団を被って寝ていた。みどりは仕事の疲れと気疲れからか高熱が出て、同じく高熱が出た由依と一緒に寝込んでいたのだ。みどり自身も熱でフラフラする中、由依が喉が渇くと言って飲み物を欲しがるので近くのコンビニに行き、飲み物やアイスクリームをやっとの思いで買ってきて、何とか過ごしていたのだった。何の前触れもなくひょっこりと顔を出した秀一を見つけたみどりは、真っ赤な顔を布団から出し、

「あ、秀一？　助かったあ。救世主！」

秀一は氷枕を取り換えたり、おかゆを作ったり、かいがいしく世話をした。

「ごめんね、せっかく帰って来たのに」

「いやいやこっちこそ心配掛けてごめん。明日みどりの誕生日だからケーキ買ってきた。元気になったらみんなで食べて」

「うん、ありがと」

夕方秀一が病院へ行った後、みどりが起き上がってみるとテーブルに赤いバラの花束があった。四十本。秀一の優しさにみどりの目から涙がポロリと零れ落ちた。


血管造影検査の日、みどりは仕事を休み、秀一の検査に付き添った。

検査が終わり、秀一が検査室で安静にしている時だった。

「奥さん、ちょっと話があります」

浜田医師が真剣な目をしてみどりを手招きした。みどりは胸騒ぎを覚えながら家族室へ入った。心なしか浜田医師の表情が険しく見える。

「まあ、座ってください」

座った椅子の前には、数十枚ものモノトーンの写真がずらりと並んで映し出されていた。秀一のＭＲＩ検査の写真だった。

（テレビでこんなシーン見たことあるなぁ）

まるで人ごとのように感じながら、みどりは浜田医師の言葉を待った。

「ここの部分に気になる影があって……」

指示棒で指しながらゆっくりと説明があった。

——腫瘍があるのは、ほぼ間違いないだろう。悪性か良性かは今のところ何とも言えないが、手術をするのが最善だと思う。腫瘍のある箇所が膵臓の辺りで太い血管が数本あるので難しい手術になる——

他にも専門用語でいろいろ説明があったが、みどりには言葉が上滑りするだけだった。浜田医師の心配そうな表情とは裏腹に、みどりは「はい」、「はい」、「わかりました」と淡々と応えていた。

（悪性だとしたら、秀一は癌かもしれないってこと？）

みどりは浜田医師の説明をもう一度反芻してみるが、どういう事態なのかうまく呑み込めない。受け容れるのを心が拒否しているのか。

（腫瘍がある？　手術をしなければいけない？

でも良性か悪性かはまだわからない……）

頭の中の整理がつかないまま、ずらりと並んだモノトーンの映像ばかりが浮かんだ。

翌日の夕方、みどりはもう一度病院へ行って浜田医師から詳しく話を聞いた。

膵臓近くの動脈から出ている支管の方が腫瘍、おそらく〝悪性〟に侵され始めているので、手術はかなり難しい、切除も無理かもしれないということだった。

〝悪性〟とはっきりと言われた時には、さすがにドキンとし、鼓動が早まった。

（癌なんだ……）

話し終えて静かにみどりを見ている浜田医師に、何か言わなければと思いみどりの口から出たのは、

「手術しなかったらどうなるんですか？」

という言葉だった。浜田医師は少し間を置いてから落ち着いた声で言った。

「そうですね……二、三カ月もつかどうか……」

「成功する確率はどれくらいですか？」

「開腹してみないとわかりませんが……五分五分ですね」

癌の宣告——余命三カ月——。

現実に自分の夫の身に起こっているとは思えない。

テレビドラマを見ているようだった。

（余命三カ月って、三カ月って、六月じゃん……）

それでもみどりは、まだ他人事のようにしか思えなかった。

夜の九時過ぎまで病室で秀一に付き添ったあと家に帰ると、仲介と律子が寝ないでみどりの帰りを待っていた。

心配そうにみどりを見つめている二人に、みどりは一度息を呑み込んでからゆっくりと口を開いた。

「実は秀一さん、膵臓に腫瘍があって……」

と切り出すと律子がすかさず、

「癌か……」

と呟いた。

「ええ、まあ……」

と濁しながらも、みどりは頷いた。

沈黙。律子も仲介もみどりも押し黙ってしまった。

暫くして仲介が徐に口を開いた。

「まあ今は、癌は治らんことはないけんな」

ずっと下を向いたままで何も言わなかった律子だったが、

「手術をして取れたら癌は大丈夫」

と自分に言い聞かせるように気丈に言った。みどりは手術がかなり難しいこと、切除が無理かもしれないと医者から言われたことは言えなかった。

義姉の麻子に相談すると、

「大丈夫、絶対よくなるから。五十パーセントということは、半分は助かるってことでしょ。心配せんでも回復を信じていこうよ！」

と励ましてくれた。麻子の明るい声に、みどりも少し元気になった。

(そうだよな。私も回復を信じて明るく過ごそう)

検査入院を終え、家に帰ってきた秀一は、

「何もかもすっきりとさせてから、手術に臨みたい」

と言い、手術のための入院は、秀一が学級担任としての年度末の仕事を終え、陽香の卒業、由依の卒園を見届けてからとなった。

陽香の卒業式の日。朝、みどりは食卓に花を飾り、ささやかながらお祝いのお寿司を作った。

「陽香、卒業おめでとう！」

みんな揃ってお茶で乾杯した。

スーツをキリッと着こなした陽香の晴れ姿。全校児童の歌声や呼び掛けに感動し、みどりは涙が込み上げた。

午後、仕事を早めに切り上げて秀一は『卒業を祝う会』に駆け付けた。卒業生親子、恩師、総勢百八十人もの昼食会はとても感動的な会だった。秀一は会の段取りや準備、そして当日の進行役も務めた。

会を終え、家に帰った秀一はフラフラだった。二週間も入院し、苦しい検査を受け、重い病を抱えている秀一。

(よくやったね。ゆっくり休んでな)

みどりは、ベッドにゴロンと横になっている秀一の手をそっと握った。

三月の最終土曜日、由依の卒園式があった。今年は暖冬のためか、開花宣言も既にあり、保育園の桜もチラホラ咲き始めていた。

この保育園は陽香が二歳の時から通い始め、真一、由依と続けて十二年間お世話になった。陽香の入園二年目から秀一はＰＴＡ会長をしていた。園長先生はじめ、先生方とはすっかり心も通じ合い、共に園を運営させてもらったような感じだ。

一人ひとり証書を受け取り、抱負を述べる。

「岸田小学校に行きます」

由依が胸を張り、大きな声で言った。みどりは涙が零れた。みどりの隣で秀一も必死で涙をこらえていた。

終了後、お遊戯室で子どもも一緒の謝恩会があった。秀一は体がしんどいのか、とても辛そうな表情だった。会の進行をしながら、時々しゃべるのに息切れがしているのがわかった。園の先生が小声でみどりに、

「会長さん大丈夫？　しんどそうだね」

と心配して声を掛けた。

秀一のリクエストで、いつも園から帰る時に歌う「さよならのうた」が披露された。園児たちの無邪気な歌声に、みどりは今までの十二年間が思い出され、一緒に口ずさみながら感極まって涙が出た。秀一も手拍子を送りながら目を真っ赤にしていた。

いよいよ秀一の入院が明日となった。秀一は疲れが出たのか、朝から元気がない。

（よし、お昼は秀一の好物のカニにしよう）

と思い立ったみどりは、カニの身をほぐし、皿に盛り付けた。秀一は美味しそうにパクパク食べた。

（よかった）

みどりは胸を撫で下ろした。

翌日、みどりと秀一は病院へ向かった。

病院に着くとすぐに、手術に向けての検査、手術用の血液採取があった。ゆったりと構えていたのに、急に目まぐるしくなった。

「奥さんに電話です」

看護師から連絡があり、みどりは詰め所に行った。すると、

「こんな形で呼び出してすみません。実は……」

浜田医師からの連絡で、秀一に気づかれぬよう、みどり一人を呼び出すためのものだった。

浜田医師からは、手術がかなり難しく、十二時間くらいかかること。除去も難しいかもしれないことを伝えられた。

膵臓癌――改めて現実を突きつけられ、愕然とする。

(どうしよう、このこと、本当に秀一に黙っててていいんだろうか)

秀一は——「膵炎」だと信じ切っている。どうするのがベストなのかみどりは悩んだ。誰かに相談したい。でも……仲介も律子も高齢になっていた。事実を聞いた時の二人のことを考えると、とても言えなかった。子どもたちにも言わないでおこう。陽香は中学生になったばかり、由依に至ってはまだ六歳、小学校一年生になったばかりだ。子どもたちには、何の心配もせずに学校生活を楽しんでほしい。

子どもたちには「お父さんが暫く入院して手術をすることになった」とだけ言った。でも、

(このこと、秀一や両親に黙っていていいんだろうか)

心配して電話をしてきた麻子に、みどりは事実を話した。黙って聴いていた麻子だったが、

「本当のことを知った時の父と母のショックの大きさを考えると言えないなあ。秀一も今すごく気弱になってるし、希望を持ってほしいので、今はまだ伏せておこう」

麻子の言葉にそうだなとみどりは言い聞かせた。

秀一の病室は大部屋で、六人の男性がいた。十時間にも及ぶ大手術を終えた方や、これ

から手術を受けるという方がいたが、誰も表情が明るく、室内で一番若い秀一に温かく声を掛けてくれた。それなのに秀一は、病気への不安からか元気がなく、すぐに下を向いてしまう。

「ねえ、一時間ほど外に出てみようよ」

と、みどりが声を掛けた。

「それもそうだなあ」

と秀一が少し乗り気になったところに同室の人が、

「そうそう、じっとしとったっていけんだけん、行っておいで」

とニコニコ笑って後押しした。

外出許可をもらい、一年生になった由依と三人で近くの公園に行った。ポカポカと暖かく、桜もきれいに咲いていた。最初は足がふらついていた秀一だが、外気に触れだんだんと元気を取り戻し、笑顔が出てきた。三人で観覧車に乗った。観覧車からは大山《だいせん》がとてもきれいに見えた。

手術の日までまだ十日余りあった。

秀一は一週間ぶりに家に帰った。

「ただいま」

春休みで家にいた子どもたちがすぐに駆け寄ってきた。由依は秀一に飛びつき、抱っこしてもらい、満面に笑顔を浮かべている。

「おう、秀一帰ってきたか」

仲介が笑っている。

「おかえり」

夕食の支度をしていた律子が、手を拭きながらニコニコして出迎えた。

一緒に食卓を囲み、家族のみんなと過ごすうちに秀一はいつもの明るい表情を取り戻していた。

秀一とみどりは、仲介と律子の家のすぐ隣に住まいを移すことにした。その方が何かと便利だし、子どもたちも大きくなり、今の住まいでは狭くなってきた。

運べるものを運ぼうと、子どもたちの手を借りながら荷物を運び出した。

まずは陽香と真一の学習机だ。二階の部屋の窓から秀一とみどりで屋根まで出す。下では小学五年生になる真一が待ち受けている。すぐにみどりは下に行き、秀一が屋根から少しずつ下ろすのを真一と一緒に受ける。なかなかの大仕事だった。陽香はその間、昼食のカレーライスを作った。由依もランドセルや本などを少しずつ運んでいた。

陽香と真一、由依の机、一階の洋服ダンスなどを運び出した。

「ふうー」

肩で息をして、汗びっしょりになりながらも、秀一はとても満足そうだった。

「ごめんね。えらかった（しんどかった）でしょう」

「うん、少し」

「でも、よかった。まだこれだけ体力があったんだってわかった。させてくれて、ありがとな」

秀一が嬉しそうに笑った。

（やっぱり頼んでよかった）

みどりはホッと胸を撫で下ろした。

陽香が一人で作った昼食のカレーライスの美味しかったこと！　家族みんなの笑顔が揃った。


その夜みんなで夜桜を見に行った。

雪洞の温かな灯に浮かび上がった桜は、何とも言えずきれいだった。毎年みどりたちは桜の時期になるとすぐ近くの公園に出掛けて夜桜を楽しんでいるが、今年の桜は格別のものに思えた。

秀一の歩くペースに合わせながら、ゆっくりゆっくり桜を眺めた。由依は父親も一緒の散歩ではしゃいでいた。

「お父ちゃん、早く行こっ」

「りんごあめ食べたいなあ。あ、たこやきもいいなあ」

「由依ちゃん、ゆっくりゆっくり。走ったら危ないよ」

屋台に向かって走り出そうとする由依に声を掛け、手をしっかり握っている真一。いつもは賑やかな姉の陽香も、今日は秀一とみどりに合わせてゆっくり歩いていた。

「きれいだね」

「うん、いいね」

短い言葉を交わしながら、みどりは秀一に寄り添って一歩一歩歩いた。

（来年の桜を一緒に見られるだろうか……）

ベンチに二人で腰掛け、噴水の周りをふざけ合ってはしゃぐ三人の子どもたちを見ながら、みどりは胸が熱くなり涙が込み上げてきた。秀一がみどりの肩をそっと引き寄せた。

「確か子どもさん入学式でしたよね」

にっこり笑って浜田医師が言った。

「はい、上の子が中学校で、下の子が小学校へ入学します」

「手術の日はもう少し先ですし、入学式に行かれてもいいですよ」

みどりと秀一は思わず目を見合わせた。入学式に行けるなんて思ってもみなかった。みどりもいつも通り、一人で行くつもりでいた。

「ひょっとして、一緒に入学式に行けるのか!?」

見合わせた秀一の目も，みどりの目もそう言っていた。

浜田医師からの思いもかけないご褒美。秀一とみどりは二人一緒に由依、陽香の入学式に行かせてもらうことにした。小学校教員のみどりと秀一は、二人揃って子どもの入学式に行けるなんて初めてのことだった。心が弾む。


由依の入学式の日の朝、病院へ行くと秀一はすでに背広に着替えて、みどりが来るのを待っていた。久々に見るパリッとした秀一のスーツ姿が眩しい。

由依と手をつなぎ、学校に向かう。父親、母親両方と手をつなぎ、由依の足はとても弾んでいた。紺のワンピースが小柄な由依によく似合っていた。

校門の横に大きな桜の木があった。見事に満開。青空によく映えていた。

広い体育館で緊張が隠せない由依だったが、二年生の歓迎の踊りや歌にほぐれたのか、時折笑顔を見せ、歌に合わせてリズムをとっていた。五年生の席に真一の姿が見えた。真一はちらちらと秀一とみどりを見ていた。

入学式の立て看板の横で、秀一と由依の記念写真を撮った。はにかみ屋の由依が、大好きな父親に手を引かれ、照れ笑いをして写っていた。

翌日は陽香の入学式。中学校のセーラー服を着た陽香は、ぐんと大人っぽく見えた。長かった髪を肩までカットし、それがよく似合っていた。秀一も目を細めた。校門の横で記念写真を撮った。秀一と陽香のツーショット。穏やかな、優しい笑顔の二人だった。

会場に凛とした制服姿の中学生が整然と並び、心地よい緊張感の中での式だった。

二人の入学式を終え、お祝いをしようということになり、寿司を買って帰った。伸介と律子も交え、家族七人揃っての昼食だった。

「久しぶりにみんな揃って食べるなあ！」

と、一年生になったばかりの由依がはしゃいで言った。寿司をパクパク食べている子どもたちを見ながら、みどりは胸がいっぱいになった。秀一は、昼食の後は伸介の部屋に行き、父と息子二人でゆっくりと過ごした。

いよいよ明日が手術という日の朝、浜田医師から秀一とみどりに手術についての説明があった。

「膵臓の腫瘍を取り除くため、膵臓を全部摘出することになるかもしれません」

「え、全部ですか⁉」

「もちろん手術をして開いてみなければわかりませんが……」

「それと、血管の周りが炎症を起こしているので、ひょっとしたらその炎症の手術をしてから再び手術ということになるかもしれません」

秀一は口をつぐんで、茫然としている。表情も暗かった。特に膵臓を全部摘出するということへのショックは大きかった。

「わかりました。よろしくお願いします」

そう言って病室に帰った。みどりは、

「膵臓がなくなったとしても、インスリン注射を打っていけば普通に生活できるよ。もしかしたら、全部取らなくても大丈夫なのかもしれんよ」

何の根拠もないのに懸命に秀一を励ました。

「うん、まあな。そうだよな。浜田先生は最悪の場合を言っとうなるもんな。摘出も半分くらいで済むかもしれんもんな」

秀一は自分で自分を納得させようとしていた。

手術の日が来た。みどりはこの日から病院に寝泊まりすることにした。子どもたちは伸介と律子のところに預けた。

「お父さん大変な手術をするから、お母さんはお父さんのところについてあげようと思う」

「うん、わかった。大丈夫だけん。心配せんでも、もう自分たちでできるけん」

中一になったばかりの陽香が明るく言った。すぐに真一も、

「大丈夫、大丈夫。お父ちゃんについててあげて。な、由依ちゃん」

と言う。由依もコクンと頷いていた。

(頼もしい子どもたち。優しい子どもたち。私と秀一の大切な宝……)

みどりは一年生になったばかりの由依をぎゅっと抱きしめた。

ストレッチャーに乗って秀一は手術室に向かった。全身麻酔が効いてうつろな意識の中、にっこり笑い、みんなに手を上げて応じながら手術室に入っていった。伸介と律子、それに麻子と良子も来た。

（大丈夫だろうか……）

みどりは正直とても怖かった。

（どうか成功しますように。腫瘍がきれいに切除できますように……）

祈るしかなかった。

仲介と律子は、秀一が手術室に入ったのを見届けてから家に帰っていった。

手術室に入ってどのくらい経ったのだろうか。

「奥さんちょっと来てください」

ドキッとした。

（何だろう、もう手術が終わったのか？）

「浜田先生の方から少しお話があるとのことです」

（何だろう？　どうしたんだろう？）

心臓がバクバクする。

手術室の前に行くと、手術帽を被り、少し血の付いた手袋をはめたままの姿で浜田医師が出てきた。

「開腹してみたのですが――癌細胞がかなり大きくて、リンパに広がっています。複雑な箇所に入り込んでいるのもあって、すべて切除することはかなり困難です。もし全部取ろうとするのであれば、膵臓だけでなく胃や腸も全て除去しなければなりません。そういった処方は自分としては本人がこれから生きていくうえでいいとは思えません。癌細胞は残したままになりますがそのまま閉じてしまいたいと思います。それでいいでしょうか」

癌細胞を残したまま膵臓にも手をつけず手術を終えるか、癌細胞を除去するために胃や腸なども全て除去するか——究極の選択だった。

一瞬みどりは返答に詰まった。点滴や管につながれ、寝たままでいる秀一の苦しそうな姿が浮かんだ。そんな秀一を思うといたたまれなかった。手術の途中、判断はもたもたしてはいられない。誰かに相談することもできなかった。みどりはこれまで何度か浜田医師と話をする中で、その的確な判断と内に秘めた思いやりと優しさに、とても信頼を置いていた。

「わかりました。先生にお任せします」

「では、開腹したところをそのまま閉じますね」

「はい。そうしてください」

浜田医師はホッとした表情になり、

「私もご主人にとってそれが一番いいと思います。切開手術だけですから、術後は今まで通り普通に暮らせますからね」

　と言った。

　みどりが出てくるのを待ち構えていた麻子に一部始終を伝えた。

　麻子は、しばらく押し黙って考えていたが、思い切ったように言った。

「秀一ももちろんだけど、私は両親が心配……」

　みどりも同じ気持ちだった。

「手術はうまくいったことにしよう。但し膵臓は半分だけ除去ということにしよう。先生にも思いを伝えてお願いしよう」

　ただでさえ心を痛めている伸介と律子を、これ以上悲しませたくないという思いでみどりも麻子もいっぱいだった。

　浜田医師に伝えると、

「わかりました。ご両親のためにもその方がいいかもしれませんね」

　と言った。


（秀一にどう言おう……）

　手術を終え、まだ麻酔から覚めないでいる秀一を見守りながら、みどりはそのことばかりを考えていた。やがて麻酔が切れ、秀一がうっすらと目を開けた。みどりは秀一の顔を覗き込み、とびっきりの笑顔を向けた。

「手術成功！　膵臓も半分だけでよかったよ」

秀一の顔がパッと輝いた。

「ほんと？　半分？　半分は残っとる？」

「うん。よかったね！」

みどりの一世一代の全精力を傾けた演技だった。秀一は、全身でホッとし、みどりの手を握りしめた。そして、

「ありがとう」

と、ポツリと言った。


麻子から手術の成功を聞いた伸介と律子が病院に来た。

「よかったなあ！」

伸介が言葉にならないくらいの涙声で喜んだ。律子も何度も何度も、

「よかった、よかった」

と繰り返した。

仲介と律子の笑顔、秀一の喜びを目にし、事実を心にしまい込んだみどりは、

（ああ、やっぱりこれでよかった）

と自分の心を納得させた。ただ秀一には、やがて本当のことを告げなければならない。いや、このまま告げない方がいいだろうか——と心の奥で葛藤していた。


秀一とみどり、二人の入院生活が始まった。

手術直後の秀一には、これでもかというほどの管が付けられていた。胃から鼻へ続く管、痛み止めの管、体内の血液が出る管、尿の管、栄養点滴の管、抗生物質点滴、そして酸素マスク——。

管だらけの中、ほとんど聞き取れない声で何か言おうとしている。みどりが耳を近づけてみると、

「五十音表を書いてくれ」

と言っている。すぐにノートに書いて見せると、文字を指でたどりながら話した。

い・し・き・は・は・っ・き・り・し・て・る・け・ど・か・ら・だ・が・う・ご・か・な・い

そしてまた、目を閉じて眠った。筆談を交わしながらの一日が過ぎた。

一つずつ、一つずつ、管が外れていき、回復が目に見えてわかった。

五月に入り、浜田医師から、

「もうすぐ連休ですけど、二〜三日外出されても結構ですよ」

と言われた。その言葉で勇気づけられたのか、それまで食欲もあまりなく歩くのも慎重だった秀一が急に、

「銀行に行ってみよう」

と言い出した。一時間ほど外出許可を取り、車で銀行に行った。さらには、

「家に帰ってみよう」

と言うので、そのまま家へ向かった。途中、野球の練習に向かう真一に出会う。真一はびっくりした顔をしていた。家に帰ると由依が出てきて、

「おとうちゃん！」

目を丸くしていた。伸介と律子も、「まあ！」とびっくりしながらも喜びでいっぱいだった。

暫く家で伸介や律子としゃべってから病院へ戻った。少し休むと今度は、

「みどり、お願いだ。どうしても屋上に行ってみたい」

と秀一が言い出した。息を切らしてしんどそうだったけれど、休み休みしながら上がって行った。屋上への扉は鍵がかかっていたが、最上階の部屋にたどり着くと素晴らしい景色が広がった。

東の窓からは大山がくっきりと見え、西の窓からは真っ赤な夕日が照らしていた。

「なんてきれい……」

涙が出そうだった。

暫くの間、二人で何も言わず夕陽に見とれていた。

赤い夕陽が山に落ちてゆき、たそがれ色に変わっていった。

夕日に照らされて、秀一もとてもいい笑顔をしていた。


秀一との入院生活はなかなかいいものだった。仕事からも離れ、家事や子育てからも離れ、新婚生活のような気分だった。ゆったりと時が流れていく。二人だけの空間の中で何気ない話をしたり、廊下を一緒に歩いたりした。時々すれ違う看護師がニコニコして秀一とみどりに会釈をしていく。

〝お二人でいつも仲良く歩いておられますね。うらやましいです。治療は大変ですが、これからも一緒にがんばりましょう〟

五月十二日の看護の日に、看護師さんから折り鶴に添えたメッセージをもらった。みどりはとても感激した。秀一はみどり以上に感激して、涙があふれて止まらなかった。この温かい言葉の贈り物のおかげで、この日秀一は、昼食を全部食べることができた。

外出許可が出てからというもの、二人で病院の周辺を散歩することが増えた。外気を大きく吸い込み、秀一とみどりはゆっくりゆっくり歩いた。

青い空が広がる。風が心地いい。

道路を渡って田んぼ道になると青田が広がった。植えられたばかりの柔らかな早苗が水の中で揺らいでいた。

自然を感じ、命を感じ、愛おしく思った。

（この入院中の数カ月は、神様が私たちにくださったご褒美かもしれない）

みどりはベッドで眠っている秀一の穏やかな顔を見ながら思った。普通なら辛いはずの病院生活を、看護師たちの明るい笑顔や、屋上からの美しい眺め、心地よい風に吹かれながらの散歩——幸せだった。

（陽香、真一、由依、淋しい思いをさせてごめんね。お母さんね、今お父さんと二人で何だかすごく幸せなんだ。お義父さん、お義母さん子どもたちを任せっきりでごめんなさい）

少しだけ心を痛めながら、みどりは幸せの中にいることに感謝するばかりだった。

手術はしたものの、癌はまだ秀一の体内に残っている。少しでも進行を妨げるためには、抗がん剤での治療をしていかなければならない。みどりは何度か浜田医師と話をし、本人にきちんと説明をし、治療法を一緒に考えながら立ち向かっていった方がいいだろうということになった。ただ、みどりは自分から秀一に伝える勇気がなかった。口をつぐんでいると、浜田医師が「私の方から言いましょうか」と言った。

秀一に告知する日が来た。

みどりは朝から胸が高鳴り、ナースセンターで浜田医師の姿を見るたびに「ドキン！」としてしまい怖かった。

午後、

「ズックと時計を持ってきてほしい」

と秀一が言うので、みどりは家に帰った。

みどりが出て行った後、浜田医師が病室に入ってきた。

「お加減はどうですか」

いつもの柔らかな口調で浜田医師が秀一に話しかけた。

「はい、なかなか快適に過ごしています」

「そうですか、それはよかった」

浜田医師はにこにこしながら続けた。

「実はですね――」


ズックと時計を持ってみどりが戻ってくると、外を眺めていた秀一が、

「浜田先生が来られた」

と言った。

ドクン。

「何だって……」

恐る恐る聞くと、秀一は淡々と話した。

腫瘍が全部は取り切れないで残っているということ、そのために入院中は薬を点滴で入れること、退院後は投薬を続けること、副作用で吐き気がしたり、頭髪が抜けたりすることがあると言われたと。

「再発したらお腹がぐちゃぐちゃになってしまうんだろうな。でも癌というわけじゃないから……」

秀一がボソッと口にした。

（え、癌じゃないって……違うよ、癌なんだよ……）

声に出しかけたが、呑み込んでしまった。みどりは胸が一段と高鳴った。秀一に聞こえるのではないかと思うくらいに高鳴った。

秀一にちゃんと伝えなければと思うのに、声が出ない。言おうとすると、その前に涙がどんどん出てしまう。

「どうしたの？　大丈夫だって。何で泣いとる？」

秀一の顔を見てまた涙が出て、言葉にできない。

「どうしたの？　死ぬわけじゃないのに。大丈夫だよ」

「だって……、秀一の腫瘍って……悪性なんだよ」

ほとんど聞き取れないほどの声で言って、みどりは泣き崩れてしまった。

「悪性って、癌か？」

頷くのがやっとだった。

暫く手を握って下を向いたまま、みどりは顔が上げられなかった。話そうとすると涙が出てうまく話せないので、以前書いていた手紙を渡した。黙って読んでから、秀一が言った。

「癌……か」

「今までえらかったな。ありがとう、言ってくれて」

その夜は、秀一もみどりもなかなか寝付けなかった。秀一は一時間おきにトイレに行っていた。

次の日も秀一は一言もしゃべらなかった。黙って何か考えごとをしていた。食事の時も黙々と食べている。みどりもどう声を掛けていいのかわからず、黙ってご飯を口にした。味など全くしなかった。

夕方、突然、吹っ切れたかのように、

「癌とわかって安心した。癌は、今は治らない病気じゃない。自分の力で闘うことができるのなら、がんばらないとな」

秀一が力強く言って、みどりの肩をポンと叩いた。

秀一の退院の日が決まった。翌日が退院という日に、みどりはそれまでの張り詰めた気持ちが緩んだのか、無性に母の陽子に会いたくなった。

「秀一、ちょっと母の所へ行って来るね」

秀一にそう告げ、みどりは実家に向かった。車を運転しながら、なぜか涙があふれ出した。何も考えていないのに涙が止まらない。

実家に着き、涙を拭い、中へ入った。

「おう、みどりか。明日、秀一さん退院だってな」

笑って言う陽子に、また涙が出そうになり、みどりはうんと頷くのがやっとだった。そして畳に俯せになった。

「えらかったな。疲れたろう、肩揉んじゃろうか」

そう言って陽子は、みどりの肩をゆっくり揉み始めた。優しく、温かな母の手だった。黙ったまま陽子は、長い長い間揉み続けた。顔を伏せたまままみどりは声を殺して泣いた。

病院での最後の日が来た。いろいろなことを思い出し、涙が込み上げてくる。手術時の究極の選択のことや告知の日のこと、看護の日のメッセージ、二人で散歩した道……。

生きて、元気で退院できるだけで、こんなに嬉しい。

病院を出る時、二人で詰め所に挨拶に行くと、看護師たちがみんな出てきて見送ってくれた。ありがたくって嬉しくって、みどりはまた涙が込み上げてきた。

（ありがとうございました、ありがとうございました）

感謝の気持ちでいっぱいだった。車に乗るや否や秀一が、

「お義父さんたちの所に挨拶してこようか」

と言うので、みどりは車を実家の方に向けた。

哲夫と陽子は畑にいた。畑の横に車を止め、

「おーい」

と手を振った。車をいち早く見つけた哲夫が、耕していた鍬をそのままに、遠くの方から手を振りながらくしゃくしゃの笑顔で走ってきた。

「おー秀一君か――よかったなあ！」

草取りをしていた陽子も駆け寄ってきた。弾けるほどの笑顔の二人に迎えられ、秀一は涙があふれた。

畑の横で立ち話をした後、哲夫たちにさよならを告げ、家に向かった。

家に帰ると伸介と律子が零れるような笑顔で迎えた。

大きな、大きな花束が届いていた。勤務先の小学校の上司からのものだった。秀一もみどりも感激のあまり、また涙ぐんでしまった。

「お父ちゃん！」

学校から帰ってきた由依が飛びついてきた。

真一と、陽香も、秀一の姿を見て、目を輝かせていた。

久しぶりの家族揃っての夕食に、子どもたちも嬉しくて、心がふわふわしているようだった。

「もう大丈夫なの？」

「痛くない？」

心配し、遠慮がちに言う子どもたちに、優しい眼差しを注ぎながら、

「大丈夫だよ。心配掛けたな」

と応える秀一だった。

「お父ちゃんもお母ちゃんも疲れとーなるけん，早よ風呂に入って寝なさいよ」

そんな律子の言葉に、

「はーい」

と返事をした子どもたちは、自分でさっさと風呂の準備をし、一年生の由依も母親のみどりに甘えることなく、一人で風呂に入って上がってきた。

二カ月ほどの間に、子どもたちは随分と成長した。


いつもの毎日が戻ってきた。家での療養もあり、みどりも暫くは看護休暇を取った。

朝、子どもたちを学校に送り出し、洗濯、掃除など家のことをする。何でもない生活がとても嬉しい。

六月も半ばになっていたが、今年は梅雨の雨も少なく、晴天が続いた。庭のダリアが、黄色の花を見事に咲かせていた。朝顔も、もう蕾が覗いている。

天気の良い日は、近くの公園や、球場、城山など、秀一とみどりは一緒に散歩に出掛けた。秀一は散歩の距離を日一日と伸ばしていった。休みの日には子どもたちと一緒におにぎりを持って城山に登ったり、キャッチボールをしたりして、家族みんなでの生活を楽しんだ。

陽香は新体操部に入ったという。体が硬く、前屈もままならなかった陽香が、百八十度開脚をして見せてくれた。これにはさすがに秀一もみどりもびっくりした。陽香はどや顔をしていた。

真一は少年野球を続け、四番バッターを任されているという。陸上の県大会にも長距離走で出場するということだ。頼もしくなった。何より驚いたのが声変わりをしていたことだ。四月頃から声を出しにくそうにしていたが、とても太い、男性らしい声になっていた。

由依は平仮名が書けるようになり、きれいな字で「あのねちょう」を書いていた。友達と遊んだこと、朝顔の種を蒔いたことなど綴っていた。

二カ月もの間子どもたちを置いてきたことに、みどりは心苦しさと申し訳なさをずっと感じてきたが、父親も母親もいない中で、子どもたちはたくましく、まっすぐに育っている。嬉しさの方がずっと大きかった。

秀一は、八月半ばから仕事に復帰した。学校は夏休みだったので、少しずつ、少しずつ体を慣らしていくことができた。秀一は、特別支援学級の補助という形で勤務に就いた。

二学期になると、

「〇〇君が自分から話し掛けてくれた。」

「××さんはいつもニコニコしてて、こっちも元気になるんだ」

学校の話を毎日のように、楽しそうにした。そんな秀一を見てみどりはとても嬉しかった。

秀一の学校で運動会があった。秀一は教員になってからずっと体育主任をしてきていて、運動会には深い思い入れがあった。

（どんな思いでいるのだろう。体力がないのに、運動会が務まるだろうか）

あれこれ思いを巡らせながら、みどりはそっと見に行った。秀一は、本部テントの放送席に座って、マイクに向かって、競技の実況中継をしていた。生き生きと楽しそうに運動会を進めている姿に涙が出た。そして、こんな形で、運動会の役割を任せてくれた学校の同僚の方に感謝の気持ちでいっぱいになった。いつもの体操服を着て、いつもの笑顔で運動会を進めている秀一の姿に胸が熱くなった。

癌のことを知ってから、秀一は積極的に治療法などを調べ始めた。パソコンを病室に持ち込み、インターネットであれこれ調べた。みどりも本屋で、「これで癌を克服！」などとあるとつい手が出て、熱心に読んだ。そして漢方薬などをネットで取り寄せた。

こういった民間の治療薬を併用してもいいかどうか、せっかく治療してもらっているのに失礼ではないかとも思ったが、浜田医師なら真剣に応えてくださると思い、みどりは相談した。浜田医師はみどりの訴えを頷きながら聞き、

「処方している薬への影響は、ほとんどと言っていいほどありません。どうぞ試してみて

ください」

と言った。

秀一はインターネットで、「気」を使っていろいろな病を治している東京の医師に強く心を惹かれ、連絡をとった。

七月、その医師から電話があり、二人で東京に行った。小さなビルの一室に研究所を構えている医師のもとには、たくさんの人が来ていた。眼鏡を掛けた穏やかそうな人だった。

治療を終えて出てきた秀一は、

「何だか身が軽くなったような気がする。自然と笑顔が出るわ」

と、嬉しそうに言った。生き生きとしている秀一を見て、みどりも嬉しくなる。足取りが自然と軽くなった。

月に一度、東京へ治療に行くことにした。

始発便の飛行機で出発し、治療を終えると、最終便で米子に帰ることができる。月一回の土曜日。子どもたちも笑顔で送り出してくれた。

治療の後、帰りの便まで時間があったので、浅草寺やら東京ドームやらに行ってみた。ちょっとしたミニ旅行だ。二人でこんな旅が楽しめるなんて……。

四回目の東京行きとなった十月には、施術の後にお台場まで足を延ばした。お台場はその頃注目を浴びていた若者のデートスポットだった。若いカップルがたくさん歩いている中、秀一とみどりは、久しぶりに腕を組んで歩いた。

この時期にしては暖かく、強い風が吹いていた。

大観覧車に乗った。パステルカラーの観覧車からは東京湾がよく見えた。ゆったりと浮かぶ船や遠くの景色を眺めながら、みどりは治療のために来ていることなんてすっかり頭から離れ、幸せに浸っていた。二人はその日の最終便で米子に帰った。空からの夜景がとてもきれいだった。

そして、これが、二人の最後の旅となったのだった。

「あれ、お父ちゃん、目が変だよ。黄色い……」

陽香が、秀一の目を覗き込んで言った。

公園の桜の葉が赤く色づき始めた十月の終わりだった。確かに黄色みを帯びて見える。黄疸が出始めたようだ。

少し前に浜田医師から、肝機能が低下しているようなので毎日でも点滴に来るように言われていた。そして黄疸が出たら入院となる——と。

翌日二人で病院に行った。

「そんなに悪くなっているわけではないので、焦ることはないですが、入院はどうしますか?」

浜田医師の言葉に少しホッとしたが、大事を取って入院することにした。

黙々と準備をして病院へ向かった。二人で歩いた畦道横の田んぼは、稲がすっかり刈り取られ、黒い土に稲株がところどころ残っているのが見えた。

懐かしい看護師さんたちが出迎えてくれた。

「またお世話になります」

みどりはできるだけ明るく言って病室へ向かった。

みどりは勤務をしながら、朝と夕方に秀一のところへ行った。仕事が終わるとそのまま病院へ行き、ひとしきりしゃべってから家に帰って夕食。そしてまた病院へといった毎日が続いた。

その頃の秀一は、目の黄疸だけでなく、体も随分と痩せてしまい頬骨も出ていた。体力も衰えたのが目に見えてわかる。

冷たい風が吹き始めた十一月、看護師から診断書を渡された。それを見ていた秀一の目が、あるところで釘付けになり表情が硬くなっていった。

「こんなに大きくなっていたなんて……」

そこには癌細胞の大きさを示す数値が書かれていた。

翌日、みどりは浜田医師に話を聞きに行った。

癌細胞が胆嚢に転移していること、まだ胆汁は僅かだけれど出ていること、直腸にも転移していて、そのため便が出にくくなってきていることなどを聞かされた。

浜田医師は「本人にきちんと伝えて、自分の病状を見つめた上で生きていってほしい」と言った。さらに、

「お父さん、お母さんにも伝えた方がいい。今は家族みんなで本人を支えてあげることが一番だから」

とも言った。

(でも……)

みどりは伸介と律子に伝えることにはまだ心がグラついていた。ただでさえ心配性の伸介、気丈には見えるが秀一を心の支えにしている律子。秀一の病、重い重い病の今のありのままの状況を伝える——あまりにも重過ぎて決心がつかない。麻子に相談した。麻子は暫くの間黙ってじっと考えていたが、

「ごめん。やっぱり両親にはまだ黙っておこう」

と、涙を浮かべながらみどりに告げた。

十一月最後の土曜日、外泊許可をもらい秀一は家に帰った。

陽香が誕生してからずっと、秀一とみどりは毎年年賀状に家族みんなで撮った写真を印刷して出している。麻子に写真を撮ってもらった。玄関前に五人並んだ。伸介と律子がそれをニコニコして見ていた。

秀一は早速パソコンに取り入れ、年賀状作成に取り掛かった。

秀一は時々大きく肩で息をしながらも、一言もしゃべらず画面に集中していた。二時間近くも向かっていただろうか。ふう～っと大きく溜め息をついてから、

「できた！　見て！」

と印刷したばかりの一枚をみどりに見せた。そこには、精一杯気力を振り絞り笑顔を見せている秀一、家族五人揃っての写真が撮れたことに安堵しているぼさぼさ髪のみどり、父母が不在がちな家を守ろうとする少し大人に近づいた陽香、妹の由依と一緒に遊んだり相手をしたりしている心優しい真一、寂しいとは一言も言わずにニコニコ笑っている強くて可愛い由依。

強い絆で結ばれた家族五人がいた。

秀一が渾身の力を振り絞って作った年賀状。それは秀一の分身のように思えた。


十二月、町のあちこちでクリスマスソングが流れている。

夕方、みどりが家に帰ると、誰が提案したのか、子どもたちがせっせと鶴を折っていた。

「今、三百できたけんな。あと七百がんばろ！」

病院の父親に、千羽鶴を届けようというのだ。三人で、仲良くわいわい言いながら折っていた。みどりも一緒に鶴を折りながら、子どもたちの温かい想いに胸が熱くなった。同時に胸が締め付けられるようでもあった。

（この子たちの願いがどうか叶いますように……）


十二月六日は朝から雪が降り続き、病室の窓も白く曇っていた。

朝食を終えた頃、浜田医師が病室にやって来た。

浜田医師は病状の進行が深刻であることを淡々と告げた。

黙ってじっと聞いていた秀一。

「何かお聞きになりたいことがありますか？」

浜田医師の問いに秀一は落ち着いた声で、

「それで、私はあとどれくらい生きられるんでしょうか……」

そばで聞いていたみどりの方が「ドキン！」とした。

「そうですね……今すぐということはないです」

その言葉に秀一は心なしかホッとした表情になった。

この日病院にやって来た伸介と律子に、秀一は自分の口から病状を話した。病気の悪化をうすうす感じていた伸介と律子は、淡々と話す秀一の言葉をじっと聞いていた。律子の目にうっすらと涙が滲んだ。伸介はグッと唇を噛みながら肩を震わせた。


翌朝、みどりが秀一の所へ行くと、とてもしんどそうだった。秀一が、

「ごめん、今日仕事休んで、そばにいてくれないかな」

と心細そうに言った。すぐに休暇を取った。

「今朝立ち上がろうとしたらふらついて立てなかった。食事も全然欲しくない。食べる気がしない」と言う。

「それでも何も食べないと弱っちゃうよ、ちょっとだけでも食べてみようよ」

そうだなと秀一は少しだけ口に入れたけれど、すぐに嘔吐してしまった。翌日も夜中の

二時頃に電話で「来てほしい」と言う。弱気になっているのか、みどりにそばについていてほしいと口に出すようになった。みどりは再び病院に寝泊まりすることにした。

こんな中、みどりはずっと心の中で葛藤をしていた。焦っていた。何に焦っていたのか——秀一が元気なうちに、まだ話ができるうちに子どもたちに言いたいこともあるのではないか。このまま黙っていていいのだろうか。

死期が近いことをみどりは本能的に感じ取っていた。それでもまだ、助かるのではないか、奇跡が起こるのではないかと一縷の望みを捨てきれないでいた。それを心の片隅で信じようとしていた。子どもたちに話したら秀一の死を認めてしまうようで、みどりはまだ事実を言えないでいた。

秀一は背中が痛むようになり、度々「さすってほしい」とみどりに訴えた。

痛みを緩和するためモルヒネの投与が始まった。副作用なのか、夜中じゅう眠れず、寝返りを打ったり水を飲みたがったり、体を起こしたがったりした。独り言のようなおしゃべりもずっと続いている。「真一の歌が聞きたい」、「早く家に帰りたい」ということを何度も口にしていた。

仲介と律子、麻子、真一、由依が病院にやって来た。

その日は真一が、『みんなで歌おう子どもの歌』の予選会に行く日だった。

「真一の歌が聴きたい」

秀一が言った。

「よし、リハーサルだ。お父ちゃんに聴いてもらおう」

仲介が言った。

真一が背筋を伸ばして立ち、息を吸い込んでゆっくりと歌い出した。

♪うさぎ追いし　かの山
　こぶな釣りし　かの川

真一の張りのある、朗々とした声が静かに病室に流れた。誰もが黙って静かに聴き入った。

秀一は目を瞑って、言葉一つひとつを噛みしめながら聴いているようだった。

心に染み渡る『ふるさと』だった。

真一たちが帰ってから秀一が、紙と鉛筆が欲しいと言う。みどりが渡すと、真一と由依へメッセージを書いていた。もうほとんど手に力が入らない。一字一字一生懸命に書いていた。

しんちゃん、じょうずだったよ
ゆいちゃん、おおきくなったね

その夜。

「胸が苦しい」

とひとこと言った後、秀一は急に苦しみ出した。暫くさすっていたけれど様子がおかしい。看護師を呼んだ。

酸素量、血圧を測り、酸素吸入が始まった。次第に呼吸が苦しそうになり、点滴も増やした。

看護師は心配することはないと言ったが、みどりは胸騒ぎがしてならない。そばについていても落ち着かない。

「家の者を呼んだ方がいいでしょうか……」

「どうとも言えないですね……」

書　名			
お買上 書　店	都道　　　市区 府県　　　郡	書店名	書店
		ご購入日	年　　月　　日

本書をどこでお知りになりましたか?

1.書店店頭　2.知人にすすめられて　3.インターネット(サイト名　　　　　　)

4.DMハガキ　5.広告、記事を見て(新聞、雑誌名　　　　　　)

上の質問に関連して、ご購入の決め手となったのは?

1.タイトル　2.著者　3.内容　4.カバーデザイン　5.帯

その他ご自由にお書きください。

(　　　　　　　　　　　　　　　　　　)

本書についてのご意見、ご感想をお聞かせください。

①内容について

②カバー、タイトル、帯について

弊社Webサイトからもご意見、ご感想をお寄せいただけます。

ご協力ありがとうございました。

※お寄せいただいたご意見、ご感想は新聞広告等で匿名にて使わせていただくことがあります。

※お客様の個人情報は、小社からの連絡のみに使用します。社外に提供することは一切ありません。

料金受取人払郵便

新宿局承認
2524

差出有効期間
2025年3月
31日まで
（切手不要）

郵便はがき

1 6 0-8 7 9 1

1 4 1

東京都新宿区新宿1－10－1

(株)文芸社

愛読者カード係 行

ふりがな お名前		明治 大正 昭和 平成 年生 歳		
ふりがな ご住所	□□□-□□□□		性別 男・女	
お電話 番号	（書籍ご注文の際に必要です）	ご職業		
E-mail				
ご購読雑誌（複数可）		ご購読新聞 新聞		

最近読んでおもしろかった本や今後、とりあげてほしいテーマをお教えください。

ご自分の研究成果や経験、お考え等を出版してみたいというお気持ちはありますか。

ある　ない　内容・テーマ（　　　　　　　　　　　　）

現在完成した作品をお持ちですか。

ある　ない　ジャンル・原稿量（　　　　　　　　　　　　）

気が気でないみどりは家に帰り、寝ている子どもたちを起こした。

「ちょっと、三人とも起きて！　病院へ行くよ」

「もう〜なにい、寝たばっかりなのになんで起こすの」

目をこすっている陽香に、

「何言ってんの！　お父ちゃん大変なんだよ！　死んじゃうかもしれんだよ！」

思わず怒鳴ってしまった。

「えっ⁉」

早く早くと急き立て病院へ向かった。


苦しそうな表情の父親を見て、大変な状態であることを子どもたちはすぐに察し、顔がこわばった。

みどりたちは病室で一夜を明かした。陽香は涙を浮かべながら、一晩中ずっと秀一の腕をさすっていた。真一や由依もそばについて手を握ったり足をさすったりしていた。

秀一は時々、握った手をぎゅっと握り返すことはあったけど、喘ぐように息をハアハアしていた。酸素マスクが秀一の呼吸と共に白くくもる。秀一は、

「まだ死ぬもんか」

と言っているかのように、目を見開いている。

一睡もしないまま朝を迎えた。


十二月十三日。

朝早く、仲介と律子、麻子、哲夫、陽子、良子が病院に駆け付けた。

秀一の目は見開いたまま天井を向いている。

心臓のモニターが秀一の微かな鼓動を映し出している。

みんなが緊張し、固唾を呑んで秀一を見守っていた。

そんな張り詰めた空気の中、

「今日、由依ちゃん誕生日じゃなかったっけ」

良子が思い出したように言った。

「ほんとだ、今日だ」

「由依ちゃん、七歳だね。おめでとう！」

緊張していたみんなの顔がほころんだ。

「そうだ、ここでお祝いしようか。弟も喜ぶだろうし」

早速、麻子がケーキを買いに行った。

良子もプレゼントにキティちゃんの手袋を買ってきた。

ケーキを病室に持ち込み、秀一のベッドの横でお祝いの歌を歌った。

♪ハッピーバースデートゥユー

「由依ちゃんお誕生日おめでとう！」

思いがけないみんなからのお祝いの言葉と拍手で恥ずかしくなったのか、由依は蚊の鳴くような声で、

「ありがとう……」

と言い、七本のローソクの火を顔を真っ赤にして吹き消した。

由依に拍手を送りながらそっと秀一を見ると、天井を向いたままのその目から涙が一筋伝っていた。

秀一の目の先の天井にはあの、千羽鶴が静かに揺れていた。

ツ――

心臓のモニターが一直線になった。
一九九九年十二月十三日午後四時四十分、
秀一は四十三年の生涯を閉じた。

どうやって病院を出たのか、どうやって家に帰ったのか、みどりは全く覚えていない。家に帰ると真っ白な布団が敷いてあった。秀一はそこに横たわった。まだ生きているかのような顔――。

その夜、みどりと陽香と真一と由依は、秀一と一緒にひとつの部屋で寝た。

「帰ったよ、我が家だよ」

「五人みんな一緒だね」

みどりの横で寝ている秀一の顔が、安堵しているように見えた。


余命三カ月の宣告を裏切り、秀一は十二月まで、いや、十二月十三日、由依の誕生日まで命をつないだ。

由依の誕生日に、由依の誕生祝いを見届けて、秀一は空へ昇っていった。

十二月十三日――秀一の命日であり、由依の誕生日でもある。

生前、秀一は病室でよく言っていた。

「陽香や真一はいろんな所へ連れていって思い出を作ってやれたけど、由依はどこにも連れて行ってやれんかったなあ。かわいそうなことしたなあ」と。

まだ幼い由依のことが気がかりだったに違いない。

由依の誕生日の日に逝った秀一。

ずっとずっと由依のことを見守っているよという、由依へのメッセージだったのかもしれない。また、みどりたち家族全員への思いやりだったかもしれない。

自分の命日を悲しんでばかりいないで、由依の誕生日を祝って、笑顔を絶やさないでほしいと。そして家族の一人としてずっとみんなと一緒にいるってことを心に留めていて欲しいと。


「どう生きるかということはもちろん大切なことですが、〝死〟をどう迎えるかということもとても大切なことです」

秀一の衰弱が目に見えてわかるようになってきた十二月の初め、オロオロするみどりに浜田医師が何もかも包み込むように静かに言った。

秀一の死にあたり、みどりは涙を流さなかった。出なかった。ただ、通夜の日、ずっとみどりたち二人のことを心配してくれていた友達の顔を見た途端、すがって泣いた。声を上げて泣いた。涙が後から後から湧いて出た。

〝死〟とは何だろう。

この世界から姿が見えなくなってしまうことが死なのか。

秀一はみどりの心の中ではずっと生きている。生きて笑っている。でも……目を開ければ姿はない。秀一の声も聞こえない。包み込んでくれる温もりもない。触れることもできない。

それが『死ぬ』ということなのか。

人は、いや、動物も植物も、生あるものは、いつかは必ず死を迎える。

――死をどう受け止め、どう受け容れるか。その時をどう迎えるのか――

浜田医師の言葉が何度も何度もみどりの頭に渦巻いていた。

律子は、秀一の亡き後、アートフラワーを全くしなくなった。「何もする気がせん」と言ってボーッと座っていることが多くなった。伸介は三人の孫を元気づけようと笑って話し掛けた。みどりは、暫くは保護者として自分の名前を書くことにためらいがあった。子どもたちは秀一の想いがそうさせているのか、それぞれの学校生活を楽しんでいた。三人の明るい笑顔が、みどり、律子、伸介の生きる力となった。

いつ、どう死と向き合う時がやってくるのかわからないが、狼狽《うろた》えず、どんと構えて生きていこう。

秀一の死から三年経って、みどりはやっとそう思えるようになった。

みどりは三人の子どもたちを連れて富士山に登った。

由依は小学校三年生。陽香は中学三年の受験生。真一も中学生になった。リュックには秀一の写真も入れた。四十歳を過ぎたみどりには、とてもとてもしんどい登山だったが、日本一の富士山の頂上に立った感激は格別だった。

秀一、見ていてよ！　がんばるからね！

富士山頂。雲の間から御来光が眩しく輝き、みどり、陽香、真一、由依を明るく照らした。

この病室　明日はだれが入るだらう
空しくなりし　千羽鶴おろす

(四) 百年の梁

あの日――十二月十三日、秀一は意識が遠のいていく中、声を聞いた。

「ハッピーバースディトゥーユー」

と、歌うみんなの声に続いて、

「ありがとう」

という由依の小さな声も聞こえた。

「よかった、間に合った」

ほっとして秀一は目を瞑った。

その途端、フワッと体が軽くなった。

秀一は宙に浮いた。

「お父ちゃん！」
由依が大声を上げて泣いている。
父や母は俯いたままだ。
麻子姉ちゃんが母をさすりながら涙を浮かべている。
陽香が僕の手を握りしめている。
真一はまっすぐになった線だけが映っているモニターを睨んでいる。
みどりはベッドのそばでぼうっとして立っている。

僕は　ここにいるよ

ふわり　ふわり
上へ　上へ
父も母もみどりも　子どもたちも
だんだん　だんだん
小さく　遠ざかっていく

やがて
微かに淡い線が見えてきた
その向こうは　柔らかい光に包まれている

「境界線」

この世とあの世をつなぐ　淡い線
生ある間は　決して見ることはできない
秀一は　その淡い色の線を　越えていった

秀一は、境界線の向こうの世界にやって来た。この世界は怪我も病気もない。争い事もない。穏やかで幸せにあふれた世界だった。歳も取らない。やって来た時のままだ。秀一はずっと四十三歳。髪も肌の張りもそのままだ。ここでは誰もが星や光や風になって大事な人たちのそばに行き、そっと包むこともできた。しかしいくら現世に心残りがあっても、戻ることはできない。ただ、十年経てば、一度だけ別のものに姿を変えて現世に戻ることができるという。その代わり、二度とこの世界に戻ることはできない。

ここからは現世の様子がよく見えた。

秀一はずっと家族のことが気がかりだった。何しろ四十三歳という若さでやって来たのだ。陽香はまだ中学一年生、真一は小学校五年生。由依に至ってはたった七歳、小学校一年生になったばかりだった。父・伸介も、母・律子もすっかり気落ちしてしまい、元気がなくなった。伸介は子どもたちを励まそうと笑顔を作って明るく話し掛けているけれど、時々ぼそっと、

「可哀想にな。お父ちゃんがおらんやになって」

と涙ぐみながら漏らしていた。律子は趣味のアートフラワーも全くやめてしまった。姉の麻子がいくら勧めても、

「何もする気がせん」

と言って、テレビに向かってただボーッとしている。頭の中は空っぽだ。

「何も欲しない、これだけでええ」

と言って口にするのは、豆腐と水だけだ。

二人の様子を見ながら秀一は切なかった。すぐにでも行って励ましたかった。時々風になってそっと包んでみたけど、二人はなかなか元気にはならなかった。それでも麻子が家に来て一緒に住んでくれるようになって、少しは笑顔が出るようになった。麻子姉ちゃん、

父さんと母さんのこと頼むよ。

みどりも、僕の死をなかなか受け容れることができないでいた。子どもたちのいろいろな提出書類の保護者欄を記入するのに、いつもペンが止まっている。

「保護者か……でも私だよな、保護者は」

と、溜め息をつきながら自分の名前を書いている。祝儀袋にも自分の名前を書けばいいのに、「秀一、みどり」と二人並べている。

みどり、ごめん。

みどりが夜空を見上げる時、秀一は懸命に輝いて見せた。

三年経った夏、みどりが子どもたちを連れて富士登山に挑戦した。

がんばれ、みどり。

秀一は風になって、富士山を登るみどりと三人の子どもたちをそっと包んだ。明け方には御来光と一緒にみんなを照らした。富士山頂に立ったみどりは晴れ晴れとしていた。

「秀一、がんばるからね、見ててよ」

みどりの力強い声が、秀一にも届いた。


十年が経って伸介がこっちの世界にやって来た。九十歳を超えた父は、以前より小さくなり、しわも増え、やつれていた。

「父さんごめんな。父さんより先にこっちに来てしまって。これから親孝行しようと思ってたのに、かえって心配掛けてしまった」

「何言っとる。そんなこと気にせんでいい。それよりわしは律子のことが心配でなあ。麻子が来てくれているけど、ご飯も食べんし、風呂も入らん。『死にたい、早よう迎えが来てごさんかな』というようなことをいつも言っとるんだ」

そうか、そんなに……。

秀一がこの世界に来てちょうど十年。現世に戻ることができる。秀一は母・律子のことが心配だった。みどりや子どもたちのそばにもいてやりたい。一度現世に戻ってしまったらもうここに帰ってくることができないが、それでも行ってやりたかった。

「よし」

秀一は伸介に別れを告げ、現世に戻ることにした。

五月晴れという言葉がぴったりの爽やかな日だった。みどりは高校三年生になった由依と猫の譲渡会会場にやって来た。あちこちから、可愛い猫の鳴き声が聞こえてくる。小さな子猫がいるかと思えば、随分と貫禄のある猫もいる。

みどりと由依は一つずつケージを覗きながら、「可愛い！」を連発してはしゃいでいた。

すると、

「みどり……」

と、呼ばれたような気がした。「ん？」と思って振り向いたけれど誰もいない。

(空耳かな？)

と思い歩きかけるとまた、

「みどり……」

と、聞こえた気がした。訝しく思いながら後ろを振り向くと、小さなケージに入った茶トラの猫が、みどりの顔を見て、「ニャア、ニャア」と鳴いていた。

離れようとするとまた声を出す。

「ちょっと待って、由依。この猫どう？」

少し前を歩いていた由依が振り返った。由依がケージの中を覗き込むと、

「ミャア」

と甘えた声で由依を見た。

「可愛い！」

由依が猫を抱き上げると、喉をゴロゴロ鳴らし、由依の手をぺろぺろと舐めた。

「可愛い。お母さん、この猫にしよ！」

みどりと由依は、代わる代わる茶トラ猫を抱っこしながら家に帰った。

帰るとすぐに由依はスマホを取り出し、陽香と真一にグループ通話を掛けた。

「お姉ちゃん元気？　岡山の生活はどう？　慣れた？　今日ね、猫の譲渡会に行ったよ。一匹もらって帰った。すっごく可愛いの」

「え、いいなあ。どんな猫？」

陽香と話していると、名古屋にいる大学四年の真一も入ってきた。

「おう、猫飼うことにしたんだ。どこどこ、見せてよ」

「わかった、じゃあビデオにして」

由依は茶トラ猫にスマホの画面を向けた。

「わあ、可愛い。いいなあ、食べちゃいたい」

「お、茶トラか。なかなか賢そうじゃん、名前は付けた？」

「うん、しんちゃん！」

「しんか。おーい、しんちゃん」

陽香と真一が手を振った。しんは二人に向かってニャと鳴いて目を細めた。

しんはとても人懐っこく、由依にもみどりにもすぐになついた。陽香と真一が県外に出てしまって、みどりが仕事から帰るまで一人で過ごしていた由依は、特にしんを可愛いがり、しんも由依には人一倍甘えていた。

翌年の三月。東北の方で大きな地震が起こった。東日本大震災だ。

三十メートルもの高さの津波が襲ってきて、家も学校も車も、街中を呑み込んでいった。数え切れないほどたくさんの人が、津波に攫《さら》われていった。東北の町が壊滅状態になった。東北だけでなく、東北から関東にかけての太平洋側がすべて被害にあった。東京お台場のビルも燃えていた。ディズニーランドも東京駅も、てんやわんやだった。

ちょうど、由依の大学受験の時で、由依とみどりは四国の試験会場まで向かっているところだった。津波警報は、瀬戸内海の方まで及んでいた。というよりも、日本列島の周りが全部津波警報で、真っ赤になっていた。

恐ろしい……。

車の中で津波情報を見つめながら、瀬戸大橋を渡った。瀬戸内海には五十センチほどの津波が来た。

地震が影響したのかどうかはわからないけれど、由依はこの年残念ながら受験は失敗。一年間専攻科に通うことになった。陽香も米子に帰って来て、境港の福祉施設で働くという。真一も大学を卒業し、地元の中学校で働くことになった。期せずして家族みんなが揃った。三人は代わる代わる、しんの頭を撫でたり抱っこしたりした。しんは頭を撫でると目を細めて甘えてくる。膝に乗せると嬉しそうにゴロゴロと喉を鳴らした。ただ、抱っこしようとするとするりと逃げ出した。

「しんちゃんって、抱っこ嫌がるよなあ」

久々に家族が揃ってみどりは嬉しくてたまらなかった。料理はあまり得意ではないけれど、張り切って作った。みんなが揃って食卓に座ると、ちゃっかりとしんもテーブルの上に乗ってきた。笑い声のある賑やかな夕食は楽しかった。

八月十八日、今日は陽香の誕生日。夕食は陽香のリクエストで手巻き寿司だ。ラッキーなことに日曜日で、みんな揃っていた。

「由依、刺身を皿に並べて。真一は納豆をお願い」

卵焼きを焼きながらみどりが言った。

「私も何かしようか？」

陽香も台所にやって来た。

「ン、じゃあ酢飯を作ってくれる？　誕生日なのにごめんよ」

みんなでワイワイ言いながら賑やかに準備をした。すると突然、陽香が歌い出した。

♪少しずつ町の〜

すぐに真一が乗って歌い出す。

♪風も冷たくなって〜

由依も加わった。そしてみどりも一緒になって声を張り上げた。

♪いつかまた　どうしようもなく〜

「あー、もう、ズレとる」
調子に乗って歌っていたらハーモニーがずれた。
「誰〜？」
と言いながら、またみんなで大声で歌い出した。
（いいなあ……）

みどりはこうしてみんなで笑い合って、一緒に食卓を囲めることが嬉しくてたまらなかった。ずっとずっとこんな毎日が続くといいなあ。誕生日ケーキを切り分けながら、居間に立て掛けている秀一の写真を見ると、秀一も嬉しそうにニッコリ笑っていた。

家族揃っての楽しい一年はあっという間に過ぎていった。翌年、由依が北陸の大学に行くことになった。車で七時間もかかる遠い所だった。陽香は、ずっと交際していた彼氏と結婚し、岡山で暮らすことになった。

「お昼、焼き飯作ってあるから、あなた食べてね。私は母の所で一緒に食べるから」

本に没頭している夫の宏太にそう告げて、麻子はベッドで寝ている母・律子の部屋へ行った。

「お母さん、お昼だよ」

麻子の声に目の前のテレビに目を向けていた律子はほんの少し顔を上げて、「はい」と声を出した。麻子がベッドを起こそうと反対側に回ると、みどりが飼っている猫のしんがちょこんと座っていた。

「あ、びっくりした。どうしたのしんちゃん、一緒にご飯食べる?」

麻子が笑って言った。するとしんは「ニャン」と鳴いて、律子の布団の上に飛び乗った。

そして律子の足元で毛繕いを始めた。

「あらまあ……」

麻子が笑うと、律子もしんの仕草を見て笑った。しんは毛繕いを終えるとそのままますました顔で、律子の布団の上で丸まった。

律子はご飯とヨーグルトを食べると、

「ごちそうさん。もう腹いっぱい」

そう言って麻子に手を振った。

律子の所には、入れ代わり立ち代わり人が訪れた。医者、訪問看護師、訪問入浴サービスの人――。律子は一人では何もできなくなっていた。排泄も、お風呂も、みんな介助してもらっていた。食事も麻子に食べさせてもらっていた。

しんは毎日のように律子の部屋にやって来た。一日中律子を見守るかのように、そばで丸まっていた。犬も猫もあまり好きではない律子だったが、なぜかしんがそばにいても嫌な顔をしなかった。むしろ喜んでいるように見えた。律子の足元で丸くなっているしんの頭を、愛おしそうに撫でていることもあった。

「母さん、会ってほしい人がいるんだ」

庭の柿が少し色づき始めた頃、真一が告げた。

真一の横には、すらりと背が高く可愛らしい女性が立っていた。

「森岡綾さん」

綾は、みどりにニコッと笑って挨拶をした。笑顔が可愛かった。

「結婚しようと思っている」

真一は言った。

十一月、二人は大山のホテルで結婚式を挙げた。綾はみどりが秀一との結婚の時に持った律子手作りのブーケを抱いた。それは真っ白のウエディングドレスによく映えた。

暫くは二人で暮らしたいというので、近くのアパートに新居を構えた。


ポカポカと暖かい日が増えてきた三月、由依が大学を終えて帰って来た。

「ただいま。しんちゃん久しぶり、元気だった？」

車から下りる早々、庭を歩いているしんに由依が駆け寄って頬ずりをした。しんも久々に由依の顔を見て嬉しいのか、由依の足にまとわりついていた。

由依は四月から小学校で働くことになった。最初の頃は張り切って行ったのに、だんだん顔が曇ってきた。

「もう、小学校、いや！」

みどりに毎晩のように愚痴をこぼした。由依は特別支援学級の担任となった。一年生の男の子は教室でじっとしていられなくて、すぐに外に飛び出していった。由依はその子を追い掛けて学校を走り回る毎日だった。

梅雨が明ける頃になって、やっと由依に明るい笑顔が戻って来た。

「ねえねえお母さん、聞いて。〇〇ちゃんが字が書けるようになったんだよ」

「七夕の短冊に、『ゆいせんせいだいすき』って書いてくれたんだよ」

楽しそうに学校のことを話す由依を、みどりは微笑ましく思いながら話を聞いた。

由依が前橋浩司を家に連れて来たのは、十二月のことだった。

「お母さん、前橋浩司先生。私が困っている時にいろいろと助けてくださったんだよ」

いつも由依の話を聞き、心の支えになってくれた人らしい。由依よりも遥かに背が高く、二人が並ぶと大人と子どもみたいだった。

「前橋浩司です。こんにちは」

浩司と由依、みどりが居間で向かい合ってかしこまっていると、しんがやって来た。そしてみどりの横にちょこんと座った。

浩司は、

「お母さん、由依さんと結婚させてください」

と、みどりに向かって頭を下げた。その横で由依も頭を下げている。

少し間をおいてみどりが言った。

「はい。由依をよろしくお願いします。どうか末永く生きてください」

「末永く生きてください？　何それ」

と、由依が吹き出した。浩司も笑っている。

みどりも自分で言いながらおかしくて、一緒に笑った。でも……浩司には長生きをしてほしかった。由依と一緒に、おじいちゃんおばあちゃんになるまで生きてほしかった。

みどりの横にいたしんが、浩司の膝の上にひょいと飛び乗った。浩司はちょっとびっくりしたけど、しんを大きな手で優しく撫でた。


由依の結婚式の日が来た。

白無垢姿の由依に、みどりは胸が熱くなった。

（あの小さかった由依が結婚。この家を出て、これからは『前橋由依』として生きていくんだ……）

込み上げてくる涙を、みどりは懸命にこらえた。

由依が仏壇の前に座った。緊張からか、いつもの笑顔が見られない。神妙な顔で座っている。その前にはみどりをはじめ、陽香・真一夫婦、姉夫婦らがずらりと並んだ。ぴんと張り詰めた空気が部屋を占めている。

そんなところに突然しんが小走りでやって来て、由依の真ん前にどっかと座り込んだ。

「あらまあ、しんちゃん！」

麻子が笑った。陽香と真一も笑った。みんなの顔が緩み、笑いが起こった。場が和み、仏間は温かい空気に包まれた。照れ隠しなのか懸命に毛繕いをしていたしんが、ふっと由依の方を見て目を細め、「ニャ」と鳴いた。由依がしんの顔を見て頭を撫で、ニッコリと笑った。

由依は、律子にも挨拶し、美容師さんに手を引かれ、結婚式会場に向かった。しんは由依の後をずっとついていった。由依の姿が見えなくなるまで、門の所でずっと見送っていた。

秀一が亡くなってちょうど二十年。律子は九十六歳になった。息子を亡くした深い哀しみの中、静かに暮らしてきた律子。ここ十年ほどは、自分の部屋のベッドで麻子の介護を受けながら穏やかにひっそりと過ごしてきた。律子は表情が乏しくなり、麻子が話し掛けても目を閉じたまま、コックリと頷くだけだった。

秀一の命日が過ぎた頃だった。

律子がご飯を全く食べなくなった。麻子もとても心配している。みどりも時々様子を見にいった。律子はほとんど一日中眠っていた。点滴で栄養を補った。

クリスマスイブの夜だった。律子を心配して真一がやって来た。

「おばあちゃん、大丈夫？」

その声にそれまでずっと目を閉じてばかりだった律子がうっすらと目を開け、ゆっくりと振り向いた。真一がもう一度律子の顔を見て、

「おばあちゃん」

と声を掛けて律子の手を握ると、律子がぎゅっと握り返し、笑みを浮かべた。

「真一、頼むけんな」

と言うかのように……。

深夜遅く、麻子とみどりが見守る中、律子は静かに息を引き取った。

ずっと律子がいた部屋で一緒にいたしんが、そっとその場から去った。

律子の四十九日の法要が終わると、麻子夫婦は自分の家に帰っていった。

今まですぐ隣で暮らしていた麻子たちがいなくなると、みどりはとても寂しくなった。夕方になると隣の家の灯りが点き、本を読んでいる義兄が見えた。麻子が編み物をする姿も見えた。おしゃべり好きの麻子と一緒に草取りをしたり、お茶を飲んだり、とても楽しかった。子どもたちがいない寂しさも、麻子といると忘れられた。

それがなくなった。

母屋は夜になっても暗いまま、シーンと静まり返っている。どこにも誰もいなかった。

暗闇だけが広がっていた。

　ニャオ〜ン　ニャオ〜ン

母屋の方からしんの鳴き声が聞こえてきた。切なく哀しい声だった。

寂しいな……。

みどりは一人ぼっちになってしまった。

　東風《こち》吹かば　にほひをこせよ　梅の花

少しずつ春の兆しが感じられ始めてきた三月、みどりは六十歳の誕生日を迎えた。

（六十歳、還暦か……）

みどりは窓際の陽だまりにごろんと寝転んだ。どこからか水仙の香りがほんのりとしていた。ラジオから歌が聞こえてきた。

♪千の風に
千の風になって
あの大きな空を
吹きわたっています～

秋川雅史の朗々とした声がみどりを包み込んだ。みどりは、居間の写真を見上げた。まだ四十代の秀一がニッコリ笑っていた。その横には秀一とみどりと三人の子どもたちが一緒に写った家族写真があった。

そしてもう一枚。

みどりはゆっくりとその写真に目を向けた。そこには、結婚前のまだ付き合ったばかりの秀一とみどりが、この上なく幸せな顔で笑っていた。秀一もみどりもまだ二十代。砂浜で撮った写真だった。

♪ぼくとお前の可愛い子供が生まれたら
　写真を見せて　言うんだ
　これがパパとママの若い頃の写真さ
　どうだ今も変わらないだろうと～

風の「お前だけが」の歌が口から零れ、みどりは涙ぐんだ。
「秀一はいつまでも若いままだね」
零れ落ちそうになった涙を手で拭い、ふと下を見ると、
　ニャ
しんが、みどりの足元で顔をこすりつけていた。
「しんちゃん」
うららかな春の陽と優しい風に包まれ、みどりはしんを優しく撫でながら目を瞑った。
♪朝は鳥になって　あなたを目覚めさせる
　夜は星になって　あなたを見守る～

ラジオから「千の風になって」がまだ流れていた。

みどり　みどり

誰かが呼ぶ声がしてみどりは目を開けた。しんが目の前でじっとみどりを見ていた。

「ん？　どうしたのしんちゃん」

しんが、みどりの頭を前足でちょんちょんとつついた。寝転ぼうとすると、またつつく。

みどりは起き上がった。するとしんは、まるで「ついておいで」というように歩きだした。時々みどりの方を振り返る。みどりはしんの後をついて行った。

しんは、母屋へ向かって行った。不思議に思いながらみどりは後を追った。勝手口で、しんが振り返ってみどりを見た。

「入りたいの？」

みどりが扉を開けると、しんは仏間へ入っていった。みどりもそろそろと後を追い、そっと襖《ふすま》を開けて中を覗いた。すると、秀一が座っていた。
伸介も律子も麻子もいなくなった母屋の仏間で、一人座って遺影を見上げていた。
秀一の声が微かに聞こえる。

父さんの肩車、楽しかった。天井まで手が届いたってはしゃいだなあ。
母さんのカリカリ梅美味しかった。大好きだった。
おじいちゃんは僕が作ったチャーハンを、うまいうまいって食べてくれたよな。
おばあちゃんは僕が、肩をトントンすると「ありがと」って笑ってくれた。
僕の暮らした家、
いろいろあったけど、思い出がいっぱい詰まったこの家。
僕はこの家に生まれて本当に幸せだった。
父さん、母さんの子に生まれて幸せだった。
おじいちゃん、おばあちゃん、父さん、母さん、ありがとう。

秀一の目には涙が光っていた。
襖の隙間からじっと見ていたみどりの目も、知らぬ間に涙でいっぱいになっていた。

秀一は一羽の折り鶴を仏壇に供え、静かに手を合わせてから、ゆっくりと立ち上がり、みどりの方を振り返った。

「秀一……」

涙で曇って顔がよく見えない。

秀一がみどりに近づいてきて、みどりをぎゅっと抱きしめた。みどりは秀一の胸の中で秀一の声を聞いた。

みどり　寂しかったろう
三人の子どもたちが　一人ずつみどりの元を離れていった
それぞれに　自分の道を歩み始めた
新しい家族と　新しい家庭を築いていく
みどりだってそれを望んでるし　喜んでる
でも　寂しいね
僕がいなくなってから　二十数年
みどりはずっと　三人の子どもたちと一緒
「子どもたちがいてくれたから明るく過ごせた」

みどりは　いつでもそう言って笑ってたね
みどりは意地っ張りだから　悲しいとか寂しいとか素直に口に出さない
でも　一人になった時
みどりが涙を流しているのを　僕は知っているよ
もう　そんなに意地を張らなくていいよ
泣きたい時は　泣いたらいいよ
子どもたちに　甘えたっていいんだよ
それに
僕はずっと　みどりのそばにいるよ
一緒に　生きていくよ

「秀一――」
涙でくしゃくしゃになった顔で秀一の顔を見上げた。秀一はニコッと微笑んで、みどりから離れ、スーッと消えていった。

「秀一――」

みどりは、目を開けた。

「夢?……」

まだ秀一の温もりが残っているような気がして、みどりは胸にそっと手を当てた。

みどりの目から涙が一滴零れ落ちた。いつの間にか「千の風になって」の歌は終わり、ラジオからはＤＪ二人の楽しげなおしゃべりが流れていた。

みどりの横で丸くなって寝ていた猫のしんが、うっすらと目を開けた。そして、みどりに体をこすりつけ、みどりの目から零れた涙をペロペロと舐めた。

「しんちゃん……ありがと……」

みどりは鼻をすすりながら、優しくしんの頭を撫でた。

「ニャン」

しんは大きなあくびをし、グーンと伸びをしたかと思うと、庭の方へスタスタと行ってしまった。

みどりは秀一の写真を見上げた。セピア色になった四十三歳の秀一が、優しく笑っていた。

秋来ぬと　目にはさやかに見えねども　風の音にぞ　おどろかれぬる

という『古今和歌集』の歌があるが、なるほど、どことなく風が変わってきた。朝晩も涼しくなったのか、朝方知らぬ間にみどりは、タオルケットを自分の体に手繰り寄せていることもあった。

真一が家を新築するという。住む人のいなくなった母屋を解体し、その跡に建てるという。百年以上になる母屋――。

「みどりさんと真一君で、いいようにしていいからね」

麻子が言った。

解体作業が始まった。

みどりは、母屋がだんだんと壊されていくのを、胸が詰まるような気持ちで見つめた。

「しんちゃん、新しい時代が始まるね」

そう、これからの未来に向けて。真一たちに引き継いで。真一たちが未来を刻んでいってくれることを願って。

大きなクレーン車の爪を窓越しに見ながら、みどりはそっと、

「ありがとうございました」

と、呟いた。

「赤ちゃんができたみたい」

由依が電話をしてきたのは九月のことだった。喜びと不安の入り混じった声で、由依は妊娠を告げた。

出産日が近づき、由依は里帰り出産をするため家に帰って来た。由依のお腹が大きく前に突き出している。

由依の子どもがあの中にいる――私と秀一の初孫――。

信じられないようだった。由依が帰ってきて嬉しいのか、しんがしきりに由依のそばに寄ってくる。そして目をまん丸にして由依のお腹を見ている。

「しんちゃん、この中に赤ちゃんがいるんだよ」

由依が言うと、しんが、そっと由依のお腹を触った。

「ね、もうすぐ生まれるよ」

優しく微笑みながら、由依はしんの頭を撫でた。

新しい元号『令和』が発表されたばかりの平成三十一年四月、由依は女の子を出産した。分娩室に入ったと思ったらすぐに、産声が聞こえた。

可愛い女の子だった。名前は「祥」。両手にすっぽり収まり、フワッと軽く天使のようだった。

祥を抱っこして由依とみどりが家に帰ると、しんがすぐさま駆け寄って来た。

「しん、ほら赤ちゃん。祥だよ」

喉をゴロゴロ鳴らしながら、しんは二人の後をついて来た。布団を敷いて由依と祥が横になると、しんもそばでゴロンとしようとした。

「ごめん、しんちゃん、まだ生まれたばかりだから離れててね」

それでもしんは、何度も近くにやって来た。

一カ月ほど家にいて、由依と祥は浩司の待つ家へ帰っていった。


翌年。

真一が父親になった。綾さんと結婚して三年経ってやっと授かった命だ。男の子。「優太」と名付けた。優太は真一そっくりだった。由依にも二人目の子が十一月に生まれた。今度は男の子。名前は「智」。由依が二人の子の母親になった。たくましくなった。もう立派な母親だ。可愛い孫たち。

三人の孫たちと、親になった子どもたちとゆったり過ごしながら、みどりは幸せだった。

「秀一、ごめんね。私だけこんないい思いをしてるね」

写真の秀一は笑っていた。


新茶の季節になった。

麻子が、静岡の友達から送ってもらった新茶を持ってやって来た。

しんの姿をいち早く見つけた麻子は、

「しんちゃ～ん」

と言って駆け寄り、抱っこした。しんも、麻子に顔をゴシゴシ押し付けた。

麻子とみどりは庭を歩きながら、季節の花を見て回った。

紫陽花が真っ最中だ。ピンクや白、水色など、みどりと麻子が一緒に植えた紫陽花が色とりどりに咲いていた。

「きれいだね」

紫陽花の奥には、源平ウツギが赤と白の小さな花を枝先いっぱいにつけている。淡いピンクのバラも優しく甘い香りを漂わせていた。

庭のベンチに座り、コーヒーを飲みながら、麻子がふと言った。

「しんちゃんって、弟の生まれ変わりじゃないかなあ」

「え？」

「だって、由依ちゃんの結婚式の日に突然やって来て由依ちゃんにずっとついて行くし、母の所にいつもいてくれたし、母がいなくなったと思ったら、今度はみどりさんの所に行くし、絶対弟だよ」

しんを見ると、気持ちよさそうに柿の木の下で寝そべっていた。

そうかもしれない――。

みどりはあの不思議な夢を思い出した。あれ以来、夢を見ることはなかった。

ひとしきりしゃべって、麻子は帰っていった。


由依の七歳の誕生日からもう二十年。あっという間だった。

（秀一が生きていたら六十三歳、白髪のおじいちゃんだね。それとも禿げ頭になってるかな――）

年老いた秀一の顔を想像してみどりはおかしくなり、一人でクスクスッと笑った。

時計を見ると五時になっていた。

「あら、もう五時、水やりしなくっちゃ」

みどりは腰を上げた。まだ外は明るく、昼の暑さが残っていた。ふと見ると西条柿に、たくさん花がついている。

「今年はいっぱい柿がなるかなあ」

みどりは楽しかった家族の時を思い出しながら、白い花を枝いっぱいにつけた柿の木を見上げた。

秋になるといつも、家族みんなで柿採りをした。秀一が二階の窓から屋根伝いに、木登りが大好きなみどりは木に登って体を伸ばし、手の届く限り採った。伸介が下から心配そうに見上げていた。

「みどりさんよ、大丈夫かや、無理するなよ」

三人の子どもたちが、ワイワイ言いながら柿を袋に詰めていた。律子は、採った柿を持ち帰り、せっせと皮むきをした。

『我が家の秋の風物詩』

みんなの顔を思い浮かべ、またクスッと思い出し笑いをするみどりだった。


今日は律子の三回忌。

コロナも落ち着き、広島の姉夫婦も、岡山の陽香たちも帰って来た。麻子夫婦、真一と綾、由依と浩司、そして祥、優太、智。久しぶりにみんなが揃った。

無垢の香りがする新しい中田の家、真一たちの家。

そのリビングの天井には、大きな梁が高くわたっている。母屋の二階で家を支えていた梁だ。解体の時にとっておいた一本の梁。綺麗に加工され、真一たちの洋風の家のリビングにとてもマッチしている。

和室には仏壇があり、壁には伸介、律子、秀一の写真がみんなを見守っている。

「あれが、ひいじいちゃん、その隣が、ひいばあちゃん、これが、じいちゃんだよ」

みどりが孫を抱っこしながら写真を指さす。三人の孫がちっちゃな指で、みどりの真似をして一人ひとり指さしながら、じっと顔を見ている。やがて、キャッキャと遊び始めた。

みどり　みどり

どこかから声がする。みどりがふっと天井を見上げると、しんがいた。どこからどうやって上がったのか、太く長い梁の真ん中にまったりと寝そべっている。そして、片方の前足を上げ、みどりに向かってちらっとウインクをした。

「あら、まあ」

みどりがクスッと笑ってウインクを返すと、梁の上のしんは、寝そべったままニヤッと笑い、また気持ちよさそうに目を閉じた。

「さあさあ、みんな、座って」

食事の準備ができ、みどりが声を掛けた。ごちそうの周りをはしゃいで走り回る三人の幼子たち。みんなの笑い声が部屋の中いっぱいに広がった。

――☆――☆――☆――

秀一は　みどりの膝の上にそっと飛び乗った
みどりの肌のぬくもりが伝わってきた
温かくて柔らかい
いいなあ
僕はここが一番落ち着くよ
みどり　大好きだよ

みどりは、膝の上で気持ちよさそうに目を細めて丸まっているしんを優しく撫でた。
そしてそっと抱きしめた。
しんちゃんありがとう。
大好きだよ。

一粒の苺

今在家《いまざいけ》

私の生まれ故郷今在家は、大山のふもと箕蚊屋平野が広々と広がるのんびりとした農村集落だ。ＪＲ伯耆大山《ほうきだいせん》駅のやや南方、東側を伯備《はくび》線が通っている。その向こうには秀峰大山が聳えている。

かつて、今在家の周囲は見渡す限り田畑が続き、ずいぶん遠くまで見通すことができた。今では平野の真ん中を山陰道が通っている。とは言うものの、晴れた日には、大山はとても美しく、堂々とその雄姿を見せており、箕蚊屋《みのかや》平野を静かに見守っている。

『今在家』という地名は全国にあるそうだ。鳥取県内でも私の知る限りでは、大山町、琴浦町、鳥取市などにもある。『在家』というのは中世の荘園制度に由来する地名だそうだ。荘園・公領での徴税単位の一つということだ。土地制度が由来となっているので全国に同じような地名が残っているらしい。『今』は、『新しい』という意味合いということのようだ。

私が幼かった頃は、ほとんどの家が農業を営み、牛や豚、鶏などの家畜を飼っていた。

道路もまだ舗装されていなくて、時々荷物を積んだ馬がゆったりと村内の道を通り、時には大きなお土産を道に落としていくこともあった。テレビも電話もほとんどの家にまだ付いてなかった。

私が生まれ育った家は大家族だった。曾祖父母、祖父母、父母、私たち姉妹三人、叔母二人、全部で十一人が一緒に住んでいた。家の馬屋《まや》には牛が二頭、豚が一頭いた。裏庭には鶏小屋もあった。集落を出たところには四か所の水田と三か所の畑があった。

家畜と共に暮らす

父は毎朝牛を引いて、川へ水浴びに連れて行った。今在家で一番広い川だ。浅瀬にはちっちゃなメダカ（ネンパと言っていた）が日に揺られて川底の小石に影を落としていた。透き通ったきれいな川で、私たちもよく遊んでいたものだ。

牛の世話は主に父がしていた。雄の黒牛と雌の黒牛。雄牛は力強く、荒っぽい。

ある日のこと、いつものように父が牛を水浴びに連れて行った時に、父が掴んでいた手綱を振り切って牛が駆け出してしまった。

「牛が逃げた！」

村中で大騒ぎになり、総出で捕獲に向かった。牛は隣村の方まで凄い勢いで駆けて行った。追いかけても、余計興奮して逃げるばかりだ。隣村を駆け回り、ようやく今在家まで戻って来た。

ハアハアと息を弾ませ、疲れてスピードが緩んだところを父がそばに寄り、手綱を取り、背を撫でた。すると、さっきまでの勢いはどこへやら、牛は従順になり、父に引かれ家の馬屋まで歩いて行った。

私は大きな牛が怖くて触ることもできなかったけれど、父が馬屋で牛の世話をするのをそばで見ているのは好きだった。父が、青々とした草と、藁を、小さく切って混ぜ合わせ、餌を作る。石臼のような餌箱に入れると、牛はよだれを出しながら食べる。「もぐもぐ、もぐもぐ」といつまでも口を動かしている牛の顔をじっと見ていた。牛の瞳は大きい。まつ毛が長い。そして、穏やかで優しい。

私も餌をやりたくなって、恐る恐る長い草を牛の口元に向けてみた。

大丈夫かな。ドキドキする。

牛は何でもないようにその草を口に挟み、噛んでいった。

「食べた！」

高鳴っていた鼓動が安堵に変わった。

畑には、『イタリアン』という牧草が植えられていた。牛の飼育用の草だ。青々とした柔らかそうな草で、風に揺られていかにもふわふわと気持ちよさそうだった。

「あそこに寝転んだら気持ちいいかなあ」

一度だけ寝転んだことがある。ふわふわの牧草は、私の身体に押しつぶされてすぐにぺしゃんこに。青空は見えたものの、ひんやりとした堅い土の感触しかなかった。土の匂いばかりで、想像していたような心地よさはなかった。

この牧草や、飼育用に田んぼ一杯に作ったれんげ草、畦の草などを刈り取って、冬用の餌として備える。

馬屋の横に、『サイロ』と呼んでいた大きな円筒状の石の穴があった。その中に草を入れる。草がたくさん入るように、入れた草から踏み固めていく。その役を担ったのが、私たち子ども三人だ。

梯子《はしご》を伝ってサイロの底まで降りていく。三メートルくらいあっただろうか。

「入れるぞ」

母が上からどさっと草を落とす。私たちはキャアキャア言いながら落ちてきた草を踏んだ。草の匂いがプンプンしたが、面白かった。時々投げられた草が、背中に入ったりすることもあったけど、大騒ぎしながら姉たちと一緒に、遊び感覚だった。

後年、上の姉が結婚する際、新居を建てるため馬屋を取り壊すことになった。長い間愛情込めて育ててきた黒牛を父は手放した。その時のことを母が歌に詠んでいる。

十年を　かひたる牛が　うられゆく
　手綱に紅き　布結びやる

夫がとる　手綱のままに　さからはず
　牛はトラックに　積まれゆきたり

こぼちたる　牛《うし》まやのあと　広くして
　朝の光が　白しろとさす

牛の隣の小屋には大豚がいた。

ある時その大豚が、藁の上でぐったりと横たわっていた。大きなおなかだ。翌日、赤ちゃんを産んだ。五匹、六匹、いや、十数匹もいる。

　ブヒィ、ブヒィ――。

かわいらしい声で鳴いている。そして、見えない目で母豚のおっぱいを探し、団子になって乳を飲んでいる。母豚のおっぱいは、乳首が二十個くらいついていた。赤ちゃん豚は押し合いへし合い、上になり下になり、我先にと懸命におっぱいにしがみつく。

「こっちのおっぱいが空いてるのに……」

　豚小屋は臭かったけど、赤ちゃん豚のおっぱい争いが面白くてずっと見ていた。お母さん豚はその間じっと横になり、赤ちゃんに吸わせていた。

　母親の愛情は豚も同じ。子ども心にすごいなあと思った。

　この子豚たち、ある程度大きくなると売られていく。幼い私にも、それがどういうことなのかうっすらと理解でき、悲しい気持ちになった。

　一度この母豚が、小屋の扉をこじ開けて逃げ出そうとしたことがあった。家中大騒ぎだ。家の外に逃げ出してしまっては大変。祖母が門を閉める。母と父が箒《ほうき》を持って小屋の方へ追い詰める。豚も必死だが、父と母も必死だ。私は怖くて、家の中からハラハラして見ているだけだった。何とか小屋まで誘導し、母豚は無事入っていった。

　普段は優しくおとなしい豚だが、この時だけは興奮していて、とても怖かったことを覚えている。

鶏小屋には『白色レグホン』という種類の鶏が数羽いた。

小学校の頃、鶏の餌やりと、卵取りは曾祖母と私の仕事だった。菜っ葉を刻み、トウモロコシ入りの餌に混ぜる。貝殻を石で砕いて小さくし、それも混ぜる。貝殻を混ぜると丈夫でおいしい卵を産むそうだ。せっせと餌を作り餌箱に入れるが、おなかを空かせた鶏たちはおとなしく待ってはくれない。餌を持って小屋に近づくと、

コッコ、コッコ――。

と、一斉に鳴きだし、うるさくてたまらない。餌を入れないうちから首を伸ばして、懸命に突《つっ》こうとする。

「待って！　待って！」

と言っても、余計に突いてくる。手を突かれたこともある。餌箱に入れようとして何度ひっくり返しかけたことか。もちろん、箱に入らずこぼれてしまったことも数知れない。餌と水をやると、鶏はそっちに夢中なので、その間に産んでいる卵をそっと手を伸ばして取る。朝の卵はあったかい。ざらざらしている。

〝鶏は突く〟というイメージが強く、可愛いとは思えなかった。今も少し苦手だ。

いろいろな家畜に囲まれて育った私。一度だけ、飼っていた鶏の命をいただいたことを覚えている。父が川べりでその処理をしていたのを目にした。見てはいけないものを見てしまったような気がして、目を覆いたくなるのに、目が離せなかった。

先日何気なくテレビを見ていたところ、四千坪もの広い土地を借りて、お客さんへドーム型テントでの宿泊や、野生動物の狩猟体験を提供している人の紹介をしていた。その人は、元は戦場ジャーナリストの仕事をしていたが、そこでの体験から、〝私たち人間の身体は、動物の命でできている〟ということを強く感じ、そのことをたくさんの人にも感じて欲しいとこの事業を始められたという。そう言えば、鳥取県の農業大学校でも、一人一人が一羽の鶏をずっと飼育し、最後には、それを自分で調理して食べるという授業をしており、その様子を、テレビで見たことがあった。涙を流しながら、自分が愛しんで育ててきた鶏に包丁を入れる学生さんの姿を、息を呑んで見ていた。

生あるものは他の命をいただいて生きている。

父と母

十一人もの大家族を養うため、両親は身を粉にして働いた。農業だけでは生計が成り立たない。

父は雄牛を飼い、種付けの仕事も生業にしていたが、そのほかに田畑の仕事の合間を縫って、近くのパルプ工場や土木作業の臨時雇いの仕事にも出ていた。母もブロック屋の仕事に出ていた。父も母もごつごつの手で、いつも日焼けして真っ黒な顔をしていた。

その頃の私は、友達のお母さんがきれいな服を着ている上品そうな姿を見て、うらやましい思いでいたけれど、貧しい中、懸命に私たちを育ててくれた両親の苦労を、今では感謝しているし、とても誇りに思う。

父は、いつでも目を細めて私に笑いかけてくれた。私は末っ子だったから、余計可愛がってくれたのかもしれない。父に叱られた記憶は、全くと言っていいほどない。

父に連れられて神社の祭りに行った。日吉津《ひえづ》の蚊屋島神社だ。

神社が近くなると、香ばしい匂いが漂ってくる。イカを焼く匂いだ。当時、イカの足を

焼いたものは、一本五円だった。その匂いにつられて早く行きたいのに、父は、

「まずは、拝んでからだ」

と、悠々としている。鳥居をくぐって宮の前に行き、父の真似をして手を合わせた。

「何と言って拝むだ？」

と父に聞くと、

「お前の好きなやに拝んだらいい」

と言うので、私は
「なむあみだぶつ……」

と、拝んだ。

まだ幼かった私は、〝拝む〟といったらそれしか思いつかなかった。それよりも早くイカが食べたくてしょうがなかった。後で父と母に大笑いされたのを覚えている。

父がオートバイの後ろに私を乗せてくれて、一緒に海岸へ行ったこともある。山からなのか水平線からなのかはっきりとは覚えていないが、砂浜に立つと、大きな大きな朝日が昇ってきてとても感動した。よほど綺麗だったのだろう、今でもその時の輝くような日の光はありありと浮かんでくる。

大好きな父。

母にはいつも甘えていた。末っ子の私は、姉たちの仲間に入れてもらえなくて、すぐべそをかいていた。そのたびに母の膝に抱っこしてもらい、母が、

「おーおー、姉ちゃんが意地悪したか。後からヤイト（お灸）すえちゃあだけんな」

と言って頭を撫でてくれると、泣き止み、ご機嫌になっていた。

母に耳かきをしてもらうのも好きだった。膝に頭を乗せ横になると、母を独り占めしたようで、なんだかうれしかった。臆病者の私は、耳かき棒が入るたびにびくびくしていたものだ。

「あらきゃ、そげに肩すくめんなや」

そう言いながら、母も笑っていた。母の膝は柔らかく温かかった。

母は風呂の焚き付けをしながら、芋を焼いたり、いろんな歌を歌ったりした。「山椒大夫」などの昔話も語ってくれた。

あんじゅこいしや　　ほうやれほ
ずしおうこいしや　　ほうやれほ

目の見えなくなった安寿と厨子王のお母さんが、蓆《むしろ》の豆がらを叩きながら歌うところが

好きで、何度もせがんだ。私は、母と一緒にいるのが嬉しくて甘え切っていたが、後に母の手記から、その頃母は腰を痛めてしまい、畑仕事もできない状態だったことを知った。

〝外に出ることもできないで、家の中にずっと私がいるので、

英子がとても嬉しがっていた〟

と書いていた。

そんなこととは露知らず、私は普段野良仕事でなかなか遊んでもらえない母と、一緒に過ごせることが嬉しくてたまらなかった。

『ダイヤゲーム』、『百人一首』など、炬燵《こたつ》にあたりながら、姉や両親と一緒によく遊んだ。おもちゃや遊び道具などは、全部母の手作りだった。菓子の空き箱や、広告紙などを利用して作った。『百人一首』は、母方の祖父が若い頃に使っていた名刺の裏を使った。母が百首の歌を全部思い出して、読み札、取り札を筆で書いて作った。

正月に、家族みんなで百人一首をするのが楽しみだった。読み手はいつも父。

「よし、ほんならいくぞ～。あまのはら～」

「はい！」

覚えてしまったものは、父が読み終わらないうちに取ってしまう。

「よのなかは～つねにもがもが、ん？　もがもが……」

「つねにもがもな」

「そげか。つねにも・が・も・な」

「もう取ったよ、次、次」

父が時折読み間違えたり、うまく読めなくて、もたもたしているのが、面白くて笑いが絶えなかった。

一粒の苺

農繁期は家族総出で働いた。

田植えの時は泥田に入り、ズボッ、ズボッと歩くのが面白かった。畦道に座り、姉と足に泥を付け合って遊んでいたものだ。少し大きくなって、苗を植えさせてもらった。ピンと張られた綱の赤いしるしの所をよく見て植えたのに、泥の中で足を取られてしまい、ぐらぐらするので、うまく植わらない。二、三本ずつ苗をちぎり、よたよたしながらも何とか植えていった。真っ直ぐに植えたつもりなのに、振り返って見るとグニャグニャに曲がっていて大笑い。父や母はさすがだ。まっすぐ、整然と植わっていた。

秋には稲の収穫がある。

バインダーもコンバインもなかった時代で、全部手で刈り取った。刈り取って束にしたものを田に並べる。二束ずつ合わせて立て掛けたものを四組並べ、その上に稲を二束被せる。そうするとちょうど馬のような形になる。遠くから見ると、広い苅田に何頭もの馬が並んでいるように見える。そうして二、三日広い田で乾かす。稲の根元がよく乾くように、馬はみんな南向きに並んでいた。その後、「はで木」に掛けてさらに乾かす。支え棒に長い竹の竿が四段渡っていた。広い田の端から端まで渡る長いものだった。毎年、収穫の時期になると父と母とで組んでいく。私たちが運んだ稲を父と母が「はで木」に掛けていった。稲束をきゅっと半分に割り、端から順に下から上へと手際よく掛けていく。なかなかの大仕事で、一日で終わらない時もあった。

私はこの「はで木」でよく遊んだものだ。まだ稲が掛かっていない時、また脱穀が終わって稲がなくなった時、「はで木」によじ登り、遠くを眺めた。真っ青な秋空に鰯雲が広がっていた。その向こうに大山が堂々と美しく聳え、最高の眺めだった。

この「はで木」を取り外す時、絡んでいた縄を端の方から父がほどいてくる。だんだんと落ちていく横渡しの竹竿に追われながら、竹竿を渡っていくのが面白かった。

稲こき（脱穀）の日は、父母はもちろんのこと、曾祖母、祖母、叔母、私たち子どももみんな田に出た。近くの親類に応援を頼むこともあった。

母は脱穀機の前で、次々と運ばれてくる稲を一束ずつ手際よく機械に通していった。父は脱穀された藁を束にしたり、収穫された稲籾の袋の中を覗いたりしながら入り具合を確かめ、取り換えていく。私たちは、稲束をもっぱら運ぶ役だ。脱穀機から飛んでくる稲わらで体中がかゆくなった。まだ幼かった私は〝じゃまてご〟でしかなかったかもしれないが、みんなで一緒に働くことがとても楽しかった。

作業の合間の、冷たいお茶の美味しかったこと！

脱穀が終わった藁の束は整然と積み上げられ、最後に、藁で屋根のように被せる。一般には「藁塚」と言うらしいが、私の実家では「すすし」と言っていた。

藁は農家にとって、とても大事なものだ。冬には牛の食料になり、正月のしめ縄になった。春には田畑の土づくりに欠かせない。野菜の保護のために下に敷いたり、家畜小屋の地面に敷いたりした。冬の農閑期には、父は馬屋で来年用の縄を綯《な》っていた。

畑には様々な野菜を作り、市場に出荷していた。玉葱、キャベツ、蕗《ふき》、胡瓜、トマト、ナス、大根、白菜、春菊、ホウレン草……。

野菜出荷の準備もやはり家族みんなでした。月明かりの下ですることもあった。採ってきた蕗を長さ別に分け、それを母が束にしていく。蕗の灰汁がいっぱいついて、指先が真っ黒になる。蕗の独特な匂いも体中に染み込む。

胡瓜の選別もした。太さや、長さ、曲がり具合などで分けていく。

「はい、まっすぐちゃん」

「これは、まがりん」

「おう、いもきゅうり！」

などと言いながら、姉たちと一緒に面白おかしくやっていた。

玉葱やキャベツは、畑で採ったものをそのまま出荷用の袋に入れ、軽トラックに積んだ。やはり大きさで選別し、重さを測って袋に詰め、トラックに運ぶ。これがまた重い。ねこ車（一輪車）で運ぶこともあるが、畑は凸凹があり、すんなり真っ直ぐには行ってくれない。ヨタヨタしながらの運搬だが、それでも手数が多いほど早くできる。両親や子どもたち、後年は孫たちも手伝って、これらの野菜を出荷した。母は野菜づくりのことも歌に詠んだ。

活きいきと　茎の光れる　ふきの束

広き市場の　一場所を占む
並べたる　五百のポット　一斉に
胡瓜は白き　芽をもたげたり
一日中　玉葱とりて　夕暮れて
体の芯まで　玉葱となる

父と母が本格的に作り始めた苺と春菊。大きなハウスの中で育った。苺が初めて生《な》った時、父は大事に大事に家に持ち帰り、

「おう、見てみー、苺がなったぞ！　みんなで食べよう」

と、一粒の苺を分け合って食べたことを覚えている。ハウスの苺は一月には真っ赤な実を付けた。大きくて甘い。トマトかと思えるほどのものもあった。

「一番生りより、二番生りが大きいぞ」

と、誇らしげに父や母が言っていたのを思い出す。

苺の収穫は朝が早い。夜明け頃から畑に行く。大きなボールに何杯も収穫し、パックに

詰めていく。新鮮なうちにしないといけないので時間との勝負だ。パック詰めは主に母が受け持った。私はラップで蓋《ふた》をする役をしていた。

五月には、地植えの苺が生った。

「十六日になると食べ頃になるはずだ」

母の言う通り、不思議なことに、五月の十六日になると赤く色づいてくる。

父母の作る苺はとても美味しかった。苺を採りながら畑でつまんで食べる苺はとりわけ美味しかった。

収穫が終わると、何本かは残しておいて、ランナー（苺から伸びる細い茎で、地を這うように伸びていくため、『ほふく茎』とも言われる。ランナーの先には新芽が育ち、それが土に根付き、新しい株を作る）を伸ばし、来年用の苗を育てる。十一月にはその苗を、一本ずつ畑に植えていく。

「春にはな、ここいっぱいにうまい苺がなるぞ～」

父は植え終えた苗を見ながら、満足そうに目を細めて孫たちに笑顔で語っていた。

春菊もハウスいっぱいに作っていた。冬場の鍋の季節になると市場やスーパーから出荷をして欲しいと電話で直接注文が来るほどだった。スーパーの「丸合」に、父の写真が生産者の顔として紹介されていたこともあった。

冬、母と一緒にハウスの春菊採りをした。陽が当たるとハウスの中はポカポカ。時折雫《しずく》がポッタ、ポッタと落ちてきた。暖かいハウスの中で、瑞々しい春菊を母の笑顔と一緒に採る時間は大好きだった。

農作業は決して楽なものではない。泥にまみれ、埃にまみれ、汗にまみれながらの重労働だ。台風や日照りなどの自然災害に見舞われることもたびたびある。平成二年頃だっただろうか、せっかく建てた大きなハウスが、台風で倒れてしまったことがあった。骨組みの鉄の棒もグニャリと曲がり、使い物にならなくなった。私と夫、姉夫婦、九人の孫たちみんなで立て直した。

何をするのも、家族みんなで笑い合い、助け合い、それが当たり前の中で育った。

農に慣れぬ　者らより来て　ハウス組む
　我に子等あり　何か嘆かん

初めての　ハウス苺の　一粒を
　分かちて食しし　倖せの日よ

おじいちゃん・おばあちゃん

歳を取っていくと、体が思うように動かせなくなっていくこと、ご飯もなかなか食べられなくなって、排泄も自分でできなくなり、手助けがいること、目や耳が働かなくなっていくことなども、自然のうちに私の中に入ってきていた。やがては死を迎えるということも。そして、年寄りの方への尊敬といたわりの心も、いつの間にか育っていっていたように思う。


曽祖父は私がまだ幼い頃に亡くなった。一緒に遊んだ記憶もない。

「英子はえーこだけん、十円やるけんな」

と、いつも言っていたと母から聞いた。とても可愛がってもらっていたらしい。

曾祖母は耳がほとんど聞こえず、ニコニコして広間の陽だまりの所に座っていたのを覚えている。相撲が好きだった曾祖母は、琴桜関のことを詩にして紙に書いていた。

大山の　少し東の　倉吉に
力の強い　琴桜
大関頭首の　幕の内
がんばれがんばれ　今に
横綱で　名を遺す　がんばれ

私はこれに曲を付けた。曾祖母は聞こえてはいないだろうけれど、私が歌っているのはわかったのか、ニコニコしていた。曾祖母とは紙を通して話をした。

寝たきりになってから、時折、

「いわこさ～ん」

と、大きな声で母を呼んでいたのを覚えている。

曾祖母は、私が中学一年生の時に亡くなった。

祖父は私が物心ついた頃にはもう病に伏していた。いつも床の間の部屋にいた。食事もお膳に乗せて運んでいた。日に何回か、家の中で、歩く練習をしていた。私は祖父の手を引いて一緒に歩いた。一往復するとマッチ棒を一本動かす。マッチは五本くらいだったかな。祖父の歩みに合わせて、ゆっくりゆっくり歩いた。また、クルミを掌の中でコロコロ転がしていた。指の運動だそうだ。クルミのこすれ合う音がなんだか面白くて、時々貸してもらい転がして遊んだ。祖母がいつもそばについていた。

私は祖父母の部屋が居心地が良くて、よく一緒にいた。高校入試の時は勉強すると言って、麦チョコとカップヌードルを持って二人の部屋に行き、勉強はそっちのけで食べてばかりいたような気がする。

祖父は、私が高校一年の時息を引き取った。私も祖父の口を拭いた。まだ土葬の頃だったので、丸い桶の中に祖父は入れられ、額に三角の布を付けていた姿が目に焼き付いている。

祖母は、十四歳という若さで嫁いできたと聞いた。まだ少女が抜けきらない歳だ。若過ぎるゆえに家事の行き届かぬこともままあり、強い小姑たちの中で、言われるまま、人の嫌がる仕事も一生懸命してきたと母から聞いた。

私が長女、長男を出産し、産後を実家で過ごしていた時、祖母は毎朝川下まで行き、我が子のおしめを洗ってくれた。

祖母は、お出かけが好きだった。私が、

「一緒に〇〇に行く?」

と言うと、ニコッと笑って、

「行ってみょかな」

と、私と夫、三人の子どもたちと一緒に、大山フィールドアスレチックなどに行った。

私にとっては優しく、可愛い祖母だ。

祖母は、九十五歳になった初秋、自分の部屋で静かに息を引き取った。

松竹たてて

年の瀬が迫ると、正月を迎える準備で大わらわだった。

父と母は門松を作るための松と、正月飾りに使うウラジロ、墓用のシブキを採りに山へ行った。後年、父と一緒にシブキ採りに行ったことがあった。道辺に軽トラックを止め、山に入っていく。道なき道を、木や草を押し分けながら進んでいく。急斜面もあり、なかなかの険しさだ。足場を確かめながらそろそろと行く私をよそに、八十を超える父はすたすたと奥へと入っていく。あっという間に姿が見えなくなった。

「おーい、大丈夫？」

と声を出すと、遠くの方から、

「おう。あったぞ！」

と、父の声がした。やっと父の所へたどり着くと、父はすでにシブキを採り始めており、シブキの濃い緑の厚い葉がつやつやと光っていた。

（こんな奥の方まで採りに行ってたんだ……）

と、びっくりするやら、たくましい父の姿に感心するやらだった。

父は、秋に取っておいた藁でしめ縄作りに取り掛かる。まずは、手で綯いやすいように藁を叩いて柔らかくする。傷んだところや、ごみを取り除き、きれいにする。大事な正月のしめ縄だ。藁の中からより分けて、丈夫できれいなものを使う。玄関用、神棚、神社に供えるもの、墓用、自動車用など、大きさも形も違うものをいくつも作った。私も少し大きくなってから、父に教わって作ったことがある。要領も力も要る作業だった。

母と一緒に大掃除をした。私は主に拭き掃除。家の真ん中に一辺が二十センチいや三十センチもあるかと思われる太い柱があった。『大黒柱』だ。それを一生懸命拭く。

「しっかり磨くと、柱が黒光りするようになるぞ」

母が笑って言った。

踏段、縁側、台所の板の間、敷居など、濡れぞうきんを固く絞って拭いた。バケツの水は冷たくて、この拭き掃除は好きでなかった。早く終わりたかった。時々、母が、温かいお湯をバケツに注いでくれるのが嬉しかった。

十二月三十日には餅つきをした。実家では、家で食べる餅と親戚の餅も一気に引き受けていたので、かなりの量だった。

三日ほど前からもち米を洗い、水に漬けておく。

当日は朝早くから竈《かまど》に火をつけ、『蒸篭』と呼ぶ四角い木の蒸し器でもち米を蒸す。私が目を覚まし炊事場に行くころには、三段重ねた蒸篭からは、白い湯気がもうもうと上がっていた。

もち米が蒸し上がると、蒸篭から臼に移す。私は蒸篭から移したばかりの米粒が残った状態のほかほかのものが好きで、ちょいちょいつまんで食べた。父が、「コラコラ」と笑いながらたしなめた。臼の中である程度小突いた後、杵を振り上げ、本格的な餅つきが始まる。

父がつき、母が返す。息もぴったりだ。

ぺったん　くるっ　　ぺったん　くるっ

よくまあ、手を打たないものだ。餅つきを見ているのは面白かった。

餅がつき上がった。臼の中で柔かく丸まり、ほかほかの湯気を立てている。

と言いながら、母がつき上がった餅を片栗粉をいっぱいに敷いた四角い板の上に持って来る。母の手は真っ赤だ。

「熱っ！　熱っ！」

まずは、床の間に飾る鏡餅、次いで寺用、神棚用と丸めていく。これは大きくて子どもの手には負えないので、母が丸めていた。力餅というのも作った。

それが終わると、いよいよ小餅。私たちの出番だ。母が餅を小さく千切って、私たちが丸めて形を整える。次々と千切った餅が飛んでくるので、ゆっくりと丁寧に丸めている暇はない。千切るのが早いか、丸めるのが早いか、競い合うようにするものだから、丸餅とは程遠いものだらけだった。

「まあ、口に入れれば一緒、一緒」

と笑いながら、ワイワイガヤガヤにぎやかな台所だった。手も服も真っ白にしながら、姉や叔母と一緒に丸めた。すぐに板の上が餅でいっぱいになるので、丸めた小餅は次々と別の部屋に運んだ。畳の上に蓆《むしろ》を敷き、その上に餅同士がくっつかないように並べていく。六畳の部屋が、餅でいっぱいになった。

朝早くからの餅つきは、午前中いっぱいかかった。最後の餅はそのまま口の中へ。私は、つきたての餅に砂糖をちょこっとつけて食べるのが好きだ。ほかほかで柔かく、三個でも四個でも食べることができた。

大晦日《おおみそか》の日には、餅を二段重ねた上にみかんを乗せ、神棚に供える。そして、しめ飾りや、昆布、干し柿、スルメなどの正月飾りを取り付ける。夕方にはロウソクに灯りをともし、父を先頭に柏手を打ち、一年間の無事に感謝し、年越しそばをみんなで食べる。

翌日、一月一日の朝は、ついた餅の入った小豆雑煮を食し、新年を迎えるのだった。

一月六日の夜には鳥追いをした。

正月飾りを取り外す日だ。その飾りを外す前に、まな板を包丁やすりこぎでトントン叩きながら鳥追いの歌を歌う。

日本の鳥が唐土にわたり
唐土の鳥が日本にわたらぬさきに
せり、なずな、すずな、すずしろ、
ごぎょう、はこべら、ほとけのざ、
七草そろえて、やっほ、ほんや

当時は意味もわからず、歌っていた。二人の姉と並び、まな板をトントン叩きながら、リズムに乗って大声で歌うのがとても面白かった。おかげで、春の七草は、今でもすぐに言える。その後、飾り物を下ろし、干し柿やスルメなどをみんなで食す。私はスルメが好きだった。炬燵の火で炙って裂いて食べる。香ばしい匂い。堅いスルメは、噛みしめていくほどに旨味が口の中に広がっていった。

しめ縄、ミカン、餅などは、「とんどさん」に持っていった。

最近は、とんどさんも随分と縮小されたり、なくなってしまった地区もあると聞く。私の住んでいる町内では、竹など組むことはなく、しめ飾りなどの供え物を持ち寄って神社で燃やすだけのとんどさんだ。最近は壮年会の方々のお世話で、小豆雑煮の振る舞いが始められた。

今在家のとんどさんは、川辺に大竹を組んで供え物を燃やした。村の人が次々と持ち寄ってくる正月飾りのしめ縄が燃え盛り、真っ赤な火の粉が暗い夜空に舞い上がった。ときどき、

パーン！

と、竹がはじける音がする。この音が大きいほど、また、火柱が高く上がるほど、縁起が良いということだった。書き初めで書いた紙を燃やし、高く燃え上がると字が上達する

とも言われていた。とんどさんの火で餅やミカンも焼き、その場で食べた。このみかんを食べると、風邪をひかないとも言われていた。

正月で家に籠っていた村の人々が、このとんどさんで集う。

「今年もよろしく！」

笑ってあいさつを交わし合う。正月休みは終わり、明日からはまた仕事が始まる、お互いに頑張っていきましょうという、とんどさんはその節目であったかもしれない。

稲荷神社と子ども会

小学校の頃は子ども会での結びつきが強く、学年に関係なくよく一緒に遊んだものだ。ガキ大将と言うのかどうか、上の学年の子が、

「おい、行くぞ！」

と、下の学年の子を引き連れて、川遊びをしたり虫取りに行ったりと、毎日のように遊びまわった。親や大人はもちろんいない。

♪マッチ一本　火事のもと　火の用心♪
♪子どもに　マッチを持たせるな　火の用心♪
♪父さん　煙草に気を付けろ　火の用心♪

歌いながら集落内を廻り歩いた。夕暮れ時の今在家子ども会、夏休みのことだ。リーダーが拍子木を打ち、みんなで練り歩く。この夜回りも毎晩子どもだけで歩いた。一緒に大声を上げて歩いて回るのが楽しかった。歩く途中で川にチラチラ光る蛍を見つけて、そうっと捕ったり、追いかけたり、面白かったなあ。

集会所での電話番も子どもたちでやった。当時はほとんどの家に電話はなく、集会所に一つだけある電話に掛かってきたものを電話番が、
「〇〇さん、電話がかかっています。集会所にお越しください」
と、放送で呼び出していた。

集会所には小さな畳の部屋に炬燵があった。その炬燵にあたって、何人かでおしゃべりしながら電話番をするのだ。こんな楽しいことはない。時には隣の広い集会用の部屋で追いかけっこをしたり、掃除をしたりしながら。放送で呼び出しをする時には、

♪キンコンカンコン♪

と、小さな鉄琴のようなものを叩く。学校の放送室にもあったあの鐘だ。これを叩くのが嬉しくて、また緊張もあって、電話が掛かるのを心待ちにしていた。

野良仕事で大人は朝から晩まで忙しい時代。子どもたちも役を担い、当然のように果たしていた。子どもも大人も、今在家集落の人たちはみんな顔見知り。そんな時代だった。


今在家集落の東方に、氏神様である稲荷神社がある。『いなりさん』と呼んでいた。いなりさんは子どもたちの遊び場で、宮のすぐ横にご神木の大銀杏の木があった。この大銀杏は幹も太く、大人が二～三人でやっと囲めるほどだった。秋には銀杏の実をたくさん実らせ、風がひと吹きすると砂地いっぱいに零れ落ち、集落の人がこぞって拾いに来た。

この大銀杏には、幹にいくつもの大釘が打ち付けてある。子どもたちが登るために打たれたものだ。大銀杏に登ろうと何人も挑戦するが、なかなか手強い。何せ幹が太いので掴まる枝がない。足場もない。打ってある釘にようやく掴まり登ろうとするけれど、踏ん張っても途中で力が尽きてあきらめてしまう。男の子で登った子がいたが、私はどうしても登れない。悔しくて何度も挑戦した。誰もいない時にも試みるが、登ることができなかった。

今はどうなのかな。まだ大銀杏登りに向かっている子どもたちはいるのかな。

少し前に行ってみたら、大釘の跡がまだ残っていた。

夏休みのラジオ体操はいなりさんでやった。

毎朝のラジオ体操は楽しみの一つだった。とりわけ終わってからの遊びが楽しかった。いろんなことをして遊んだ。

『じんとり』『くもとり』『おんせんけんぱ』『字ほり』……。

石ころと木の枝だけで遊べる。おもちゃも何もない。そこらに落ちているもので遊んだ。単純だけど楽しかった。どんなものでも遊べる。

子どもは遊びの天才だとつくづく思う。あるものを使って遊びにしてしまう。松ぼっくりと木の枝で野球だってできる。今の子どもだって、きっとそうだと思う。ほっといたら、大人が思いつかないような遊びを見つけるかもしれない。

（どんなふうに遊ぶんだろう）

と、ワクワクして子どものすることを見て、一緒に遊びを楽しめる大人でいたいなと思う。

私の子ども時代、大人がそうそう子どもにかまっていられないから、子どもたちだけで遊び、子どもなりの自治も育ち、ガキ大将も泣き虫も一緒になって遊んでいた。

稲荷神社は、春と秋に祭りがあった。

秋祭りの十月一日の前夜には、子どもたちの相撲大会があった。大銀杏の前の広場には土俵が作ってあった。農作業を終えた大人たちもみんな集まってきた。今在家集落の一大イベントだ。服は着たままだったが、男子も女子も関係なく、取っ組み合った。


はっけよい、のこった！


行事は大人がしていたかな。この相撲大会、勝ったら賞金がもらえるので、みんな本気の真っ向勝負だった。周りでは、大人たちも子どもたちも、やんや、やんやの大歓声だ。

翌日の本祭りには、一台だけだったが出店が出た。私たちは昨夜の相撲での賞金を持って祭りに行った。祭りは、いつの時代でも心が躍る。ニッケや酢昆布など、ずらりと並ぶ駄菓子をワクワクしながら物色するのが楽しくてしょうがなかった。

いつの頃からか出店もなくなり、相撲も女子は綱引きになるなど、形は変わったようだ。それでも何とか祭りを盛り上げようと、今では子ども神輿が出ていると聞く。

ここ二年はコロナの影響で、地区の祭りも縮小されているようだけれど、こうした昔からの行事が廃れないでいてほしいと願う。

心の故郷　今在家

『泳げたいやきくん』の歌が流行った頃、姉と一緒にこんな替え歌を作った。

毎日　毎日　ねぎのサラダと
ほうれん草炒めとカレイ焼き
たまにはすき焼きも食べたいけど
そんなことしたら　便所が　建たん

当時、実家のトイレは戸外にあり、冬は寒いし、暗かった。少し生活が楽になった頃、まず改善したかったのがこのトイレだ。姉たちと一緒に大声で歌った。〝便所が建たん〟のところは、特に声を張り上げて母も一緒に大声で歌い、大笑いしていた。父もそばで苦笑していた。

七年ほど前になるだろうか、父と母の米寿の祝いをした時、思い出を語る中でこの歌が出てきた。歌い出したら、姉たちもすぐに唱和。息もぴったり、揃って声を張り上げた。おかしくて、おかしくて。父も母も一緒になって歌い、大笑いしていた。

家族みんなで助け合い、貧しさも笑いに変えて育ってきた今在家の実家。今在家は、私の原点。家族や友だちと過ごしたかけがえのない『とき』が、私の心の故郷だ。

昭和六十年頃だろうか、米子道ができることになり、所有していた田の一部がその場所にかかることになった。県からの買い上げ金で、古い茅葺き屋根の家を建て替えた。ちょうど私は、長女の出産で実家に帰っていた時のことだ。新しい家は、瓦屋根の二階建て。見違えるほどの立派な屋敷になった。上の姉が、中学校教師をしながら生計を支え、暮らしも楽になった。それでも父と母は高齢になっても、野良仕事に精を出し、生きがいにしていた。

農の足　二つ並べて　湯に浮かぶ　左をかばう　右も曲がりて

ごつごつと　夫の大きな　農の手に　従いてより　四十余年

続け来し　生業うれし　身の痛み　労りあいて　小松菜を採る

（母の歌集『彼岸花』より）


退職し実家を訪れると、たいてい居間に父と母が座ってテレビを見ていた。九十歳を越えた父と母は足腰も弱り、畑に出ることもままならなくなった。

「おう、来たか。待っちょったわ」

父は相好を崩して私を迎えてくれた。母も豪快に笑って迎えてくれた。

「みんな揃うといいなあ！」

私たち娘三人がたまたま一緒になり、揃って昼食をとることがあると、父も母もとても嬉しそうだった。

「じゃあね、また来るけん」

私が帰りを告げるたびに、

「もう帰るだか。また来いや」

と、ちょっぴり寂しげな笑顔で、座ったまま手を挙げて見送った。

父は平成三十年十二月、九十一年の生涯を終えた。

父は最期を迎える前にかすかな声で、

「苺が食べたい」

と、言った。苺の果汁をほんの少し舌に乗せると、「うまい！」と。

「みんなでみかんを食べようか」

と、聞くと、

「うん」

と、うなずく。

ベッドの父を囲んで一緒に食べた。

父は子どもが大好きで、孫やひ孫の前では、一緒になって手を叩き、笑い、大はしゃぎでいた。正月に子や孫が集まると、

「なんぼでも食べよ！」

と言って、みかんを両手いっぱいに持ってきてふるまった。

父が他界した十二月二十九日、父は大きくなった孫たち一人一人と声を交わし、手を握り、精いっぱいの笑顔を見せた。孫たちがそれぞれの家に引き上げていった後の深夜、父はそばにいた私たち娘三人も気づかないほど静かに、眠るように息を引き取った。

一家を支え、農業に生きた父。何よりも家族を大事にした父。農家の長男として生まれ、農業一筋、家族を支えるために生きてきた父だった。生前父は口癖のように言っていた。

「みんな仲良くせよ」

家族を思う父の心、ずっとつなげていきたいと思う。

母は今年（令和三年）九十四歳になった。幾度か入院もしたが、今は週二回のデイサービスに通いながら、家でゆったり過ごしている。

「針に糸を通すのに二十回もかかった」

と、笑いながらもパッチワークをしたり、新聞のパズルをしたりして時を過ごしている。

短歌が好きな母は、訪れた時に、私や知り合いが作った俳句や短歌を見せると、身を乗り出してくる。

「どこ、どんなの作って。見せてごせや」

と、目が輝く。そして、あれこれ言い回しや言葉を考え、口にする。とても楽しそうで生き生きとしている。九十四歳になった今でもわからない言葉があると、ボロボロになった国語辞典を持ってきて調べている。菓子箱の裏や、広告の裏などには、母がふっと思いついて作った短歌が、ちょこちょこ書いてある。耳が遠く、歩行車が欠かせない母だけれど、まだまだ元気で明るくいてほしい。

もう二十数年も前になるが、夫が闘病中、私はずっと看護で病院に寝泊まりしていた時があった。夫や子どもたち、義父母の前では笑顔を見せていたが、どうしようもなく涙が込み上げてくる時があり、無償に母に会いたくなった。実家に行くと、母は私が何も言わないのに、

「肩、もんでやらか」

と言って、肩もみをしてくれた。うつ伏せになって母にもんでもらいながら、涙が出てきて声を殺して泣いた。母は、そんな私の肩を黙ってずっとずっとさすってくれていた。心が弱くなった時、母に会いたくなる。嬉しいことがあった時、真っ先に母に話したくなる。母は、私がいくつになっても私の心の支え。大きく柔らかく包んでくれる。

自然を愛し、生きものを愛し、家族を愛し、明るく懸命に生きてきた父と母。

一緒になって笑い転げ、助け合ってきた姉たち。

いつでも可愛がってくれた祖父母。

温かい家族に囲まれて子ども時代を過ごせた私は、なんて幸せ者だろうと思う。

『今在家』という心の故郷に支えられ、これからも心強く生きていこうと思う。そしてこの温かく優しい思いを、私の子や孫にも注いでいきたいと思う。

今、実家には母と上の姉が二人で住んでいる。姉は退職後、父に教わりながら畑の野菜づくりを始めた。畑仕事にほとんど携わっていなかった姉は、畝《うね》づくり、種まきの時期や蒔き方、土づくり、施肥《せひ》のやり方など、父と一緒に畑に出て一から習得していった。

父亡き後は、姉が一人で畑を守っている。畑仕事に四苦八苦していた姉だが、今では自分で野菜づくりの計画を立て、わからないことはネットで調べながら、いろんな野菜を育てている。JAの直売所にも出荷し、

「春菊が全部売れとった！」

と、毎日目を輝かせている。

「おう、英子ちゃんじゃないか」

実家の前を歩いていると、白髪交じりの貫禄たっぷりとなった男性から声を掛けられた。子どもの頃一緒に遊んだ幼なじみが家を継ぎ、家族や田畑を守っている。今、自治会長をはじめ、今在家の主な役を務めているのは、子ども会で一緒に活動したメンバーたちだ。

孫を抱っこして歩いていたら、

「英子ちゃん？　まあ、孫ができてや！」

腰が曲がり、小さくなってしまわれた同級生のお母さんが、ニコニコ笑って声を掛けて

くださった。

時代が変わっても、変わらないものがある。
人と人とのつながり。心のつながり。
今在家には今もこのつながりが脈々と受け継がれ、残っている気がする。

私の心の故郷、今在家。
温かい家族の笑顔、幼なじみや近所の人々の声、広々とした箕蚊屋平野。
そこにそびえたつ伯耆富士、大山。
大山は、今日も堂々と輝き、わが故郷、今在家を穏やかに見守っている。

ほっこりほろり

――ショートエッセイ――

（平成二十六年十月〜令和五年九月）

家族写真入り年賀状最後に

長女が生まれて以来、毎年末に家族で写真を撮り、年賀状で知人に送ってきた。三人だった家族が二年後には四人に、その四年後には五人になった。共働きだった私たち夫婦は、年末も押し迫ってから慌しく写真を撮るので大騒ぎ。

私はこの、年に一度の家族写真の撮影会が大好きだった。

長女が十三歳の時、夫が病に臥した。癌……夫はみるみる痩せていった。その年の十一月、外出許可が出た週末に夫は「写真を撮ろう」と言い、私はすぐに子どもたちに声を掛けた。

玄関前で五人揃ってカメラに向かった。撮影者は義母。夫は立っているのもやっとだったが、しっかり目を開けてカメラを見た。

夫は撮ったばかりの家族写真をパソコンに取り入れて年賀状を作り始めた。気力を振り絞った夫の手作りの年賀状が出来上がった。夫と一緒の家族写真はこれが最後となった。十二月、夫は天に召された。

夫が亡くなってからも家族写真入り年賀状は続けた。夫は三人の子どもたちと私に囲まれて額の中でニッコリ笑っている。

当時小学校一年生だった末の子は、今では二十二歳。長女も一昨年嫁ぎ、家族写真は終わりを告げた。

当時と変わらず若々しく優しい笑顔でいる夫の写真も、セピア色になり始めた。


（平成二十六年十月）

広がる水田が夫の笑顔運ぶ

風薫る五月。田は水を湛《たた》え、植えられた早苗がそよそよと風になびく季節だ。私はこの季節と水田の広がる風景が大好きだ。そして、ふっと寂しく、そして幸せになる。

夫は四十二歳の時、悪性腫瘍で入院した。私も夫の介護のため休暇を取り、病院に寝泊まりした。夫の入院とはいえ、結婚後二人でゆっくり過ごすのは初めて。時が止まったかのようにゆったりと流れた。

夫は腹部を手術。術後やっと外出許可が下り病院の外に出た時、目にした風景はまさに五月。植えたばかりの苗が水面に広がり、爽やかな風が吹いていた。

夫と二人、ゆっくりゆっくり畦道を歩いた。柔らかな風と夫の優しい笑顔……病のことも忘れ、何かとても幸せに思った。

しかし半年後、夫は帰らぬ人となった。

あれから十七年、しばらくは水田を見ると夫のいない寂しさで涙が込み上げていたが、今では爽やかな五月の風と広がる水田が夫との幸せな「時」を運んできてくれる。


（平成二十七年五月）

ベンチに座り幸せな気分に

昨年我が家の一部をリフォームした。

離れとプレハブ物置を解体し、広々となったスペースに砂利を敷いた。庭がパッと開け、陽もよく当たるようになった。義母も義姉も私も花が大好きなので、我が家の庭は樹木や花、野菜がいっぱいだ。

朝夕この庭の花たちに水やりをする。三十分ほどかかるが、かけ終えた後は何とも心地よい。瑞々しい花、葉からぽたぽた落ちる雫、しっとりと濡れた土や木肌。庭全体が生き生きとしてくる。

この庭に先日、木のベンチを置いた。水やりの後、ベンチに腰掛けてゆったりと庭の樹や花を眺める。いつしか夕暮れの涼風も吹いてきて、一日の暑さや疲れを癒してくれる。幸せな気分に浸っていると、犬の散歩から帰った義姉も腰を下ろし、たわいもない会話を交わす。ふと気づくと、家で飼っている猫もやって来て涼しい顔でベンチに座り目を細めている。四人（?）でしばし夜風に当たっていると、心も体もすっきりリセット。ささやかな私の涼のひと時だ。

（平成二十七年七月）

おばあさんの心つながる

私の家のすぐそばに小さなお稲荷さんがある。町内の人がたまに参拝される、赤い鳥居があり、ご神体が祭られている。横に一坪ほどのスペースがあり、雨宿りや昼休みの人たちのくつろぎの場となっている。

しかしそこは、木の葉が吹き込み、時にはごみやたばこの吸い殻が落ちていることもある。

私が嫁いで来た頃、このお稲荷さんを町内の一人のおばあさんが毎朝お参りされ、黙々と掃き清めておられた。ちょうど私の出勤時と重なり、私はいつも頭を下げつつ出掛けていた。何年か後、姿を見かけなくなったと思ったら、亡くなられたとのこと。心の中で、『ありがとうございました』と手を合わせた。

ところが、数日経ってから別の方（おじいさん）が後を引き継ぐかのように、お稲荷さんの掃除に来られるようになった。そしてその方が高齢になられると、知らぬ間に別の方が掃き清めておられる。決して誰かに言われたり、申し送りされたわけではない。おばあさんの姿に心打たれ、その心が次へ次へとつながっていっているのだろう。

私も何かできないかと、時々吸い殻入れと化しているご神体のそばの石臼に先日、メダカを放ち、水草を浮かせた。さすがに吸い殻を入れる人はいなくなり、ご神体に守られて、小さなメダカは今朝も元気に泳いでいる。


（平成二十七年九月）

すがすがしい朝のひと時

朝五時過ぎ、二匹の猫たちが私を起こしにやって来た。胸元に乗っかり、ゴロゴロと喉を鳴らしたかと思えば、顔や首をペロペロ舐め始める。眠い目をこすりながら起き出し、エサをやる。

そうこうしているうちに六時半、ラジオ体操の時間が来る。おなじみの歌と、

「みなさん、おはようございます」

という元気な声がラジオから流れる。

「よし！」

と庭に出て体操を始める。

健康のためと、四月からラジオ体操をすることにし、半年が過ぎた。旅行などやむを得ない時もあるが、毎朝続けている。

朝日を浴びながらの体操はとても心地よい。近頃は晴天が続き、仰ぎ見る空も高く澄み渡っている。時にうっすらと月が残っていることもある。そのあと、庭をぐるりと歩き、メダカに餌をやり、出勤する。

朝のすがすがしい空気とラジオ体操、ペットや自然との触れ合い、これが私の健康法だ。

これからだんだん寒くなり、朝が辛くなるかもしれないが、猫やラジオに助けてもらいながら続けていこうと思う。


（平成二十七年十月）

愛情あふれる良い塩梅

義母は九十二歳。今はベッドでの生活で日々穏やかに暮らしている。義母は季節の旬の野菜を使っていろいろな漬物を作ってくれた。梅、広島菜、キュウリ、ナス、カブ、白菜……。義父は義母の漬物を、

「ああ、うまいなあ」

と、いつもポリポリと美味しそうに食べていた。

私も夫も子どもたちも、義母の漬物が大好きだった。私は、特に白菜とカブ漬けが大好きで、食べ始めたら止まらない。ホカホカの白ご飯に白菜漬を乗せ、ちょこっとしょうゆを掛けて食べると、いくらでも箸が進む。山盛りの白菜漬を息子と二人で全部食べつくしたこともある。

「どうしたらこんなに美味しく漬かるんですか?」

と義母に尋ねると、

「うん? 塩しかしてないよ」

家族への愛情と長年の勘で、義母は家族好みのちょうどいい塩梅で塩を振り、一番美味しい時に桶から上げて食卓に出していたのだろう。私も何度か挑戦したが、あの絶妙な漬け加減にならない。

義母は高齢になり、手作りの漬物はできなくなった。いつか私も義母のような漬物ができるようになりたいな。


（平成二十七年十二月）

割烹着で家事にやる気

立春が過ぎたとはいえ、まだ二月。まだまだ寒さは厳しい。特に朝は冷え込む。毎朝布団の中で「あと五分……あと三分……」と、寒さと心の葛藤をしている私。

思い切って起き出し台所に立つが、朝の台所はさらにひんやりしている。灯りを点け、ストーブを点けるがまだ寒い。そんな時、身に着けるのが「割烹着」だ。

セーターの上からかっぽんと被り、後ろで紐を結ぶ。両腕をすっぽり包み、手首も締まり、ある程度の丈もあるからか、結構温かい。この「割烹着」を身に着けると、何かしらしゃんとして、「よし、やるぞ！」という気になるから不思議だ。米をといだり洗濯物を干したりと、バタバタ動いているうちにだんだん寒さなんて気にならなくなってくる。

体を動かせば温かくなるとわかってはいても、心が負けてつい炬燵に縮こまってしまう私。「割烹着」は、寒さが大の苦手で家事も動くのもおっくうになる私のやる気を奮い立たせてくれる一番の心の防寒グッズかもしれない。

（平成二十八年二月）

来年卒寿の父農業への誇り

父は農業一筋に生きてきた。来年は卒寿を迎える。足腰も随分と弱くなり、いつも「足が痛い、腰が痛い」と言っている。歩くのもままならないが、毎日自転車で畑を見回り、

「芽が出てきたぞ」

「草を取ったけん、大きくなるぞ」

と、生き生きと語る。

私も退職してから畑を手伝うようになった。ある時、鍬打ちをした後使った鍬をそのまま片付けようとしたら、

「ちゃんと洗って土を落として片付けよ。鍬が傷むけん」

と、父に注意された。

そういえば父の鍬は、長年使い込んでいて、刃先はちびて角も丸みを帯びているものの、いつでもきれいに光っている。使うたびに父が心を込めて大切に、大切に磨いてきたからだろう。

その道のプロの人は、一流になるほど自分の道具を丁寧に磨き、何年も大切にしておられると聞く。仕事への誇りと愛情の表れなんだと思う。

農業一筋九十年、今日も父は心弾ませて畑の野菜を語る。父が磨いてきた鍬を借り、私も畑を耕し、僅かばかりだが胡瓜を植えた。


（平成二十八年六月）

メダカ三代眺める幸せ

我が家にメダカがやって来て二年になる。昨年の秋、水替えをしようとホテイアオイをタライに移した。翌日、ふと覗くと何やら微かに動いている。

「もしかして赤ちゃん？」

と、目を凝らして見ると、確かに目玉が二つとすっとした尾（体？）が見える。五ミリにも満たないほどのちっちゃなメダカの稚魚が、透き通った体でスッスッと泳いでいた。毎日毎日飽きずに眺めていたが、やがて秋も深まり、雪の季節になった。タライには落ち葉が重なり、中の様子は全く見えなくなった。稚魚もどうなったかわからないままひと冬を越した。

春になり、暖かくなったのでメダカの水替えをすることにした。

「赤ちゃんはどうなったかなあ？　寒かったけん、ダメかもしれんなあ」

と思いつつ、姉と一緒にタライの水を網で受けながら少しずつ、少しずつ濁水を流していった。すると、僅かな水の中でピクピクッと動くものが見えた。

「いたっ！」

思わず姉と声を上げた。八ミリほどになったメダカが五匹。寒さの中、落ち葉の下でじっと生きながらえていたのだ。小さな五匹のメダカが愛おしく、そっとそっと清水に流してやった。五匹は澄んだ水の中をスーッ、スーッと泳いでいた。

五匹のメダカは春の陽を浴びてぐんぐん育ち、今は三センチほどに成長した。見ると、何と二匹が卵を付けていた。そしてその卵からも新しい命が誕生した。

我が家には現在、三代のメダカがそれぞれの水槽で生きている。代わる代わる水槽を眺めながら、可愛らしいちっちゃなメダカから幸せをもらっている。


（平成二十八年六月）

布組み合わせ個性が模様に

母は晩年になってからパッチワークを始めた。訪れるといつも針を動かしている。主に古着をほどいて使っているが、時に、

「布を買ってきてくれ」

と私たち三人の娘に頼むことがある。私たちはそれぞれの都合のいい時に手芸屋に行き、思い思いに買ってくる。

私も様々な布を眺め、どれもこれもいいなあと目移りしながらも数種類選び、母の所へ持っていくと、

「おう、ありがとう」

と言って、

「これは、〇〇が買ってきてくれた」

と、姉たちの選んだ布を見せてくれた。私の選んだ柄とは全く違った柄が並ぶ。でもそれがまた私には斬新で、「いいなあ！」と思ってしまう。同じ親から生まれたのに、三者三様、布一枚選ぶのもそれぞれの個性が出るんだなあと感心してしまう。

母は、娘や孫が選んで買ってきた布を嬉しそうにあれこれ組み合わせてはパッチワークを楽しんでいる。そして、私たちが選んだ布が母の手によって、今度は母らしい模様へと生まれ変わっていく。

（平成二十八年七月）

柿を見て記憶甦った

今年も我が家の西条柿が実った。ここ数年実りが少なかったが、今年は枝がしなるほどたわわに実った。

色づいた柿を見ると、義父母や夫との楽しい思い出が甦ってくる。

「えーちゃんよ、柿採りしてごさんか」

遠慮がちに言う義父。

「はい、いいですよ」

子どもの頃から気によじ登るのが大好きだった私は、待ってましたとばかりに喜んで柿採りをした。

夫は二階の窓から屋根伝いに、私は木に登って体を伸ばし、手の届く限り採った。

「大丈夫かや。無理すーなよ」

下から義父母が私たちを見上げて声を掛ける。

「どうしても先の方が採れません」

と言うと、

「鳥のために残してやーだわい」

と義母。私はこの柿採りを『我が家の秋の風物詩』と勝手に思っていた。

私も夫も普段は仕事で義父母との関わりは少ないが、この時は一つの家族になったような気がして嬉しかった。

夫と義父は他界し、義母も高齢になった。日一日と色づいてくる西条柿。

「もうそろそろだぞ。えーちゃん、頼むけんな」

義父の声が天から聞こえてきそうだ。


（平成二十八年十月）

おじちゃん猫一緒に幸せに

相棒の『ふう』と暮らし始めて七年になる。

やって来た時のふうは、生まれたばかり。片手にすっぽり入った。まだ目も見えない。

小さな哺乳瓶の先っぽを一生懸命探しあて、私の掌の中でミルクを飲んでいた。

ふうは少々やんちゃ猫だ。子猫の頃は、無鉄砲に高い塀から飛び降りて骨折もした。障子も幾度となく破り、叱られた。それでもふうは、私が帰ると足音を聞きつけ、とんで来ては、

「おかえり、抱っこ！」

と言わんばかりによじ登って、顔をごしごし押し付け、ペロペロ舐める。

草取りをしているといつの間にか傍らに来てちょこんと座り、台所に立つと近くでやおら毛繕ろいをしている。そして、用事が終わったなと思うと、膝の上に乗ってくる。可愛くていじらしい。

「おまたせ」

と頭を撫でると、目を瞑り何とも幸せそう。ふうと一緒にしばし幸せ気分に浸る。

七歳を過ぎたふう。

最近はお気に入りのソファで日がな一日眠っていることが多くなった。いつまで一緒に過ごせるかな。いつまでも一緒に居たいなと思いながら、膝からはみ出しそうになった『おじちゃん猫』のふうの頭をそっと撫でている。

（平成二十九年六月）

義母の手作りブーケ囲んで

私の家の玄関の壁には一つの手作りブーケが飾ってある。三十数年前、私と夫の結婚に向けて義母が作ってくれたブーケだ。義母はとても手先が器用で、居間には義母が作った創作折り紙や人形、毛糸の小物などが所狭しと飾ってあった。

中でもアートフラワー作りの腕は相当で、ボタンやバラなど本物と見紛うほどだった。その義母の心のこもったブーケを抱いて私は嫁いで来た。しかし、義母は息子である私の夫が他界した後は、

「何だか作る気がせん」

と言い、以来十八年、作ることを止めてしまった。昨年私の長男が結婚し、前撮りのため花嫁と二人で家に来た。ウエディング姿の二人に壁に飾っていた義母の手作りブーケを持ってもらい、ベッドの義母を囲んで写真を撮った。白いドレスに義母のブーケは三十年前の物とは思えないほどよく映えていた。

九十四歳の義母は、二人の顔を交互に見ながらニッコリと微笑んでいた。
物作りはもうできないが、義母は今ベッドで穏やかに余生を過ごしている。

（平成三十年一月）

特大逆チョコ三年後に結婚

「女の子から男の子に告白できる日」として特別な日となったバレンタインデー。昔は『義理チョコ』なんてなく、すべて本命。どうやって渡そうか、誰かに見られたらどうしよう、受け取ってくれるかなーと、ドキドキドキドキしていたものだ。

時は遡り、三十五年ほど前のバレンタインの日。当時付き合い始めたばかりの彼が夕方になって家にやって来た。何やら大きな箱を持って。「ん、何？」と開けてみると、大きなハート形のチョコレートがバン！　と鎮座していた。

「バレンタインだから――」と。

ちょっと待って、バレンタインって女の子から男の子に告白する日だよね。

「逆チョコだなぁ」

と、母が笑っていたっけ。

――若い頃の甘い甘い思い出。彼とは三年後に結婚、三人の子に恵まれた。

やがて、他界。今は写真の中から私たち家族を見守ってくれている。

二月十四日、今年は私から超特大のハートチョコをお供えしようかな。


（平成三十年二月）

かけがえのない家族の『時』

私の生まれ故郷は、田畑が広がり、秀峰大山がとても美しく見える地だ。「モウ～」という牛の鳴き声で目覚め、母豚に戯れるたくさんの子豚を眺めて育った。

両親は早朝から夜遅くまで働いた。顔は力強く日焼けし、手はゴツゴツしていた。私たち子どもも働いた。稲の脱穀時には全身藁ごみにまみれながら、春は牛の食料用の蓮華を深いサイロの底で踏みながら、家族みんなで汗を流した。決して暮らしは楽ではなかったけれど、みんなが生き生きとし、笑っていた。共に過ごした家族とのかけがえのない『時』が私の故郷。いくつになっても、心を支え、力づけてくれる。

嫁いできた今の地に住んで三十余年、生まれ故郷よりも長くなった。街中で田畑はないけれど、私は故郷と同じくらい好きでいい所だなと思う。私の子どもたちにとってはここが故郷。年を重ね、私くらいの年齢になった時、生まれ育ったこの地、この家を懐かしく思ってくれるかな。故郷が子どもたちの心の支えであってくれることを願っている。

（平成二十九年二月）

リズムに乗りけん玉の妙技

息子がまだ小学生になったばかりの頃だったろうか、けん玉に夢中になっていたことがあった。リズムに乗って『もしかめ』をするお父さんをじっと見て、自分も挑戦した。けん玉の持ち方なども教わって何度もやってみるが、なかなかできない。

「もしも……」

「あー残念！」もう一回。

すると、その声と音につられて部屋から出てきたおじいさん。

「お、日月ボールか。おじいちゃんもしとったぞ」

と、ニコニコ顔で息子がするのを見ておられた。

しかし、なかなかできない息子にしびれを切らし、

「もっと膝をまげて！」

「日月ボールは膝が大事だけん」

と身を乗り出してアドバイス。そして実演。みんなの楽しそうな様子を見て、娘たちも練習に加わった。

おじいさんの妙技に、

「すごーい」

と拍手を送る子どもたち。

「お、できたがな」

と子どもたちに声を掛けるおじいさん。笑顔のおじいさんと幼かった子どもたちの姿が懐かしく思い出される。

子どもたちは『もしかめ』はもちろん、いろいろな技もできるようになった。

子どもたちが就職履歴書の『特技』欄に、「けん玉」と書いているのを見て天国のおじいさん笑っているかな？

（平成二十九年四月）

植物も人間も大切なのは心

もう三十年も前になるだろうか。一年生の子どもたちと朝顔の種蒔きをした。柔らかい土に指で穴をあけ、種をそっと入れ、土を被せた。その時、もう一人の先生が、

「朝顔さんが元気に育っていくのに、どんなことをしてあげたらいいかな？」

と聞かれた。

「水をあげる！」

「肥料をあげる！」

「草取りをする！」

喜々として子どもたちは答えていた。先生は「うん、うん」とニコニコ笑顔で頷いてお

られたが、やがて、

「じゃあね、いっちばん大切なのはなんだと思う？」

と言われた。

「ん？　水？　肥料？　太陽？」

子どもたちも私も首を捻っていると、

「それはねー」

と、さらに目を細めて、

「毎日朝顔さんの顔を見に行って声を掛けてあげることだよ」

と言われた。

「あっ」と思った瞬間、私も子どもたちもパアッと明るくなり、とても嬉しく、優しい気持ちになった。

野菜や花を育てる時、庭の木々を見る時、いつもこの言葉を思い出す。そして植物だけでなく、人も動物もいっちばんは『心』なんだなあと思う。


（平成三十年五月）

未知の世界を経験して感謝

退職して五年、知り合いから頼まれてガソリンスタンドでアルバイトをすることになった。一日四時間、週四日ほどの勤務だ。給油くらいならできるかなと気楽な気持ちで引き受けたが、いざやってみるとわからないことだらけ。

当然だが、スタンドには軽トラも来れば、大型トラック、バイク、外車など様々な種類の車が来る。油種もキャップの開閉もそれぞれ違う。支払い方法も様々。そして給油前には支払い方法や油種、量などをタッチパネルで設定しないと機械が動いてくれない。

丁寧に優しく教えてくださるのだが、生まれて初めての世界。用語も操作も半分もわからない。

「わからないことがあれば聞いてください」

と言われるが、

「う〜、わからないことがわからないよ〜」

六十前の初老の頭はパンクしそうだ。

バイトを始めて半年が経った。ようやくわからないことを落ち着いて聞くことができるようになった。六十歳にして未知の世界を経験させてもらえたことに感謝している。

（平成三十年七月）

子らと懸命に生きた時代に

小渕恵三さんが『平成』の文字を掲げられたテレビ画面を、我が家で二歳になる娘と五カ月の息子と一緒に見ていた。新年を迎えたばかりで、昭和天皇崩御のニュースに息を呑んだ。

「昭和が終わるんだ……」

寂しい想いに包まれながらも、『平成』という新しい時代に心をときめかせていたように思う。

私の平成は、四年に誕生した末の娘も含め、三人の子どもに恵まれ、子らと共に生きた時代だった。平成十一年に夫が他界。

「子どもが小さいのに一人で大変でしょう」と言われたけれど、そう思ったことは一度もない。子どもたちに振り回されたり、おしゃべりを聞いたりするのがとても楽しく、幸せだったと思う。

息子は平成と共に年を重ね、今年三十歳になった。下の子も今年結婚。上の子も県外で暮らしている。子どもたちはそれぞれに新しい家族と新しい家庭を築いていく。私と子どもたちとの平成は終了。

新たな時代の始まりです。素敵な時代になりますように！

（平成三十年十二月）

孫のおかげで家がきれいに

掃除が苦手な私。働いていた頃は「時間がなくて」と言い訳し、退職してからも、「少々汚れていた方が免疫力がつく」など都合よく理屈をつけて、毎日の掃除は二の次になっていた。

ところがこの四月、娘が出産し、孫ができた。そして、産後を私の家で過ごすことになった。生まれたばかりの無垢な赤ん坊が暮らすのだ。これはもう「免疫力が……」などと言ってはいられない。

布団からソファ、床、窓、扉を大掃除。掃除機をかけ、床や窓を拭き、布団やカーペットの埃を取り、何とか孫と娘を迎え入れた。その後も少しでも清潔な所で過ごさせたいと、毎日の拭き掃除が日課になった。

すると、何となく埃っぽかった家の中がすっきりと落ち着き、素足で歩くのが心地よい。空気まで澄んだようで、とても清々《すがすが》しい。この際だからと、古くなった畳や障子も新しく替えた。

孫のおかげで家も身も心もすっきり爽やかになった。

（令和元年七月）

みんな一緒が大好きな初孫

　初孫のゆうちゃんは四月で二歳になる。いろんな言葉を覚え、たくさんおしゃべりするようになった。そして、みんなで一緒にすることが大好き。

「公園に行こうか」

と言うと、「うん」と頷いて、

「ばあばも、かっかも、ゆーたんも」

と言う。

「おすしたべた。じいじとばあばと、ぱっぱとかっかとゆーたん」

と、みんなでしたことを目を輝かせて話す。家族と一緒に出掛けたり遊んだりするのが嬉しくてたまらないのだろう。

　昨年十一月に弟が生まれ、少し前の六月にはいとこも生まれた。ゆうちゃんはこの二人の弟も大好きで、覚えたての名前を呼んではしゃいでいる。昼寝用の布団で寝転んでいる二人の真ん中に入って、左、右と顔を眺め、手をつなぎ、ご満悦。

来年には男の子たちも歩くようになり、三人一緒に走り回って遊ぶんだろうな。ばあちゃんも一緒に遊んでくれるかな。

三人の可愛い孫たちが、仲良くスクスクと元気に育っていきますように！


（令和三年四月）

思い懐かしむ合格発表の日

合格の　喜びに娘と　帰る汽車　足は互みに　リズムとりゐいる

大学合格発表の時、母が詠んだ歌だ。

四十年以上も前、私は大学受験に挑んだ。初めて親元を離れ、文通友達の家に泊めてもらっての受験だった。私の希望する大学への合格可能性はＤ判定で、かなり不可能に近い。

それでも私は受けた。

「落ちたらどうする？」

と言う担任の言葉に、

「専攻科に行きます」

と息巻いて受験した。

合格発表の日、私は大学まで発表を見に行った。ひょっとしたらもう来られないかもしれない。強がって、

「一人で大丈夫」

と言う私に、母はやはり心配だったのだろう。一緒に汽車に乗り込んだ。

番号を探す。胸が高鳴る。

〝ドキン！〟

あった！　母もよっぽど嬉しそうだったのだろう。夕方のテレビニュースに歓喜の顔が映った。

合格発表のシーズンになると、いつも甦ってくる。

今年も、受験生一人ひとりにいろんなドラマがあっただろう。素敵な未来が待っていますように！


（令和三年五月一日）

古木の柿の木思い出と共に

庭に一本の柿の木がある。嫁いできた時はすでに古木だったが、〝生り年〟にはたくさんの実をつけた。

一昨年義母が他界し、家を新築することに。そこで庭もきれいにしようと、庭木屋さんに古木や傷んだ樹木を切ってもらうことにした。その際、柿の木を切ることを勧められ、柿の木を見上げ「う～ん」と悩んだ。

確かに柿の剪定は大変だし、実を採るのも、その後も手間がかかる。しかもほとんど一人での作業。私も還暦を越えた。

でも、夫も義父母も存命の頃にみんなで柿採りをしたこと、てっぺんまで絡みついた太いツタをのこぎりやハサミで苦労して取り除いたこと、義姉と二人で木に登って収穫し、合わせ柿や吊るし柿を作ったことなどが思い出された。

ぎりぎりまで決めかねたが、やっぱり残してもらうことにした。

春を迎え、古木にも新芽がついた。柔らかい薄緑色の柿の葉を眺めながら、

「元気なうちはこの柿を大切にしていこう」
と心に留めた。

（令和三年六月）

やってくる夏楽しみに待つ

四十分ほどのウオーキングを終え、窓辺の柱にもたれながら暫く庭を眺める。夕方の風が心地いい。私の好きなひと時。

この間まで咲き誇っていたゲンペイウツギの花が落ち、葉の間から僅かに見えるだけになっている。プランターの苺も、今日やって来た孫が最後の一粒を食べた。若葉の季節も終わりだ。

これから夏がやって来る。一人ゆったりと庭を見回すと、ユリがすっくと背を伸ばし、いくつかの蕾《つぼみ》をつけている。隣のダリアは明日にでも黄色い花を咲かせそうだ。アガパンサスもぐんぐん丈を伸ばし、花元が色づき始めている。これからの季節に向けて、夏の花たちが着々と準備をしている。

ふと、先日植えたピーマンはどうなっているかなと目をやると、一番生りの実が食べ頃の大きさになっていた。キュウリも一本採れそうだ。よし、明日の朝はキュウリとピーマンで朝ご飯だ。夏野菜もこれからどんどん生るぞ！　楽しみでいっぱいだ。


（令和三年六月）

スポ少時代の友人との交流

息子は小学校三年生の時からスポ少野球を始めた。同級生の仲間は十一人。練習は学校であったが、試合は日野川の河川敷で行われた。野球の応援は楽しく、広い、広い河川敷だからどんなに大声を出しても大丈夫。

「打て！」「イケイケ！」「走れ！」――

他のお母さんとも一緒に声を張り上げて応援した。

ところが、我が子がバッターボックスに立つと途端に声が出なくなる。一球一球祈るような心境。守りの時も球が飛んでくると固唾を呑んで見守るだけ。それでも誰かがヒットを打つと互いに手を取り合って喜び、ナイスプレーに飛び上がって大騒ぎしていた。

息子たちのチームは弱小チームだったけど、親も子もその家族もとても仲良しだった。二十年余りたった今でも交流があり、おとどしは県外にいる友達も交えて親子揃って集まった。

三十路を越えた息子たち。いろんなことがあると思うけれど、ずっとみんなのことを応援してますよ。


（令和三年七月）

戦争体験の声深く心に刻む

「私はね、朝鮮で生まれて十七歳までいたんですよ」

先日訪ねた古民家で、九十三歳の方が語られた。穏やかな表情の中に強さが感じられる方だった。終戦を迎え、日本に帰ってこられた時のことをぽつぽつと話してくださった。

「両親と妹、家族四人で釜山《プサン》まで歩いた。敗戦国の日本人は、何をされても守ってはもらえない。自分の身は自分で守るしかない。食用になる野菜や木の根っこ、蛇などを食べて命をつなぎながらやっと着いた」

「戦争はダメ。絶対にしちゃいけません」

首を振りながらきっぱりと言われた。深い重みを感じた。終戦後の大変な時代を生き抜き、辛苦も何もかも呑み込み、にこやかに語られる姿に強く心を打たれた。

戦後に生まれた私。平和な日本で育ち、それが当たり前のように生きている。生死の際で大変な思いをしながら、戦後の日本を復興させてくださった方々がいたからこその平和。感謝と畏敬の念を新たに、この声を深く心に刻み、子や孫に伝えていこうと思う。


（令和三年）

子どもたちの真心に救われ

教職から身を退いて七年。三十余年の教員生活で何度くじけそうになったことだろう。

「授業がうまくいかなかった」

「些細なことで子どもを叱ってしまった」

「感情に任せて怒鳴ってしまった」

そのたびに私は、人を教育するような力量がないと落ち込んだ。求人広告を見ながら、転職を考え、溜め息をつくこともたびたびあった。

重い足取りで学校に向かった私を救ってくれたのは、担任している子どもの何気ない一言だった。

「お母さんが、先生はいい先生だって言ってたよ」

廊下ですれ違ったKちゃんがさらっと言ってニッコリ笑う。

「先生、肩たたいてあげよっか」

休憩時間に近くにやって来て、小さな手でトントンするMちゃん。

「えいこ先生がいいな」

掃除をしながらボソッと呟いたSちゃん。

子どもたちの言葉と笑顔にどれほど助けられ、元気をもらったことか。曲がりなりにも教員を続けてこられたのは、出会ってきた子どもたちのおかげだ。ありがとう、みんな。

（令和三年九月）

退院した母の笑顔嬉しく

久しぶりに母と話した。二カ月前、家でつまずいて転び、足をくじいて入院。先日やっと退院して家に帰って来たのだ。入院中はコロナ対策のため面会もできず、一度だけリモートで顔を見たくらい。やっと顔を合わせて話ができた。

「どうだった？」

と聞くと母は、

「トイレに行くといつも顔を会わせる人がおってな、子どもの頃大好きだったおばあさんにそっくりで、『あんたに出会うと嬉しくなるだがん。私の方があんたより年寄りだのにな』と言って、笑いあっちょった」

と楽しそうに話す。

その笑顔が嬉しくて、私も笑った。

母は九十四歳。入院で少し色白になり、顔の張りも減ったかな？　だが、豪快な笑いといたずらっぽい瞳は変わらず健在だ。よかった。面会もできない長期入院で心配していた。

心も体も元気で帰って来た母と一緒に温かいコーヒーを飲み、ケーキを食べた。

「うまいな！」

母は苺のケーキを美味しそうに目を細めて食べた。

病院の皆様、本当にありがとうございました。


（令和三年十月）

仲間との卓球心地よい時間

中学、高校、大学と十年間卓球を続けてきた。特に大学での四年間は卓球に明け暮れた毎日だった。

練習はランニングから始まる。毎日三キロほどのコースを走り、その後筋トレ。腹筋、腕立て、柔軟体操などをみっちり行い、それからやっと台についての練習だった。

卒業後は結婚や出産などで卓球から随分と遠ざかっていたが、退職した頃、知り合いが、

「一緒に卓球しませんか？」

と、声を掛けてくれた。久しぶりの卓球。ラケットも大学の頃から替えていない。ドキドキ、そしてちょっぴりワクワクしながら体育館を覗くと、少し先輩の方が打ち合っておられた。リズムに乗った心地よいピン球の行き交う音に心が弾み、やりたい気持ちが湧いてむずむずした。

再び始めた卓球。軽く体操をした後に基礎打ちをし、もぐもぐおしゃべりタイムを挟んで後半はダブルスの試合をしている。卓球が大好きで、楽しみながらも上達を目指す仲間との週二回の練習が待ち遠しい。

（令和三年十月）

子育て忙しさ思い出す日々

まだ仕事も子育ても真っ最中の頃、朝は時間との闘いだった。ざっと部屋を片付け、洗濯物を干し、朝食を作る。そして子どもたちを起こし、朝ご飯だ。ところが、これがなかなか進まない。テレビに映る時間とにらめっこしながら、子どもが食べ終えるのを待った。食べ終えるとすぐに園児服を着せようとするが、自立心の芽生えかけた三歳児は、「自分がする」と言って私の手を払いのける。「ああ、もう～」と時計をチラチラ見ながら、「がまん、がまん」と我が子の手元をじっと見つめる。ぎりぎりまで待ってとうとう、「ごめん、自分でしたいだろうけど、今日はお母さんがするね」と手を出し、急いで車に乗せて保育園へ。保育士さんに預けると走って車に戻り、職場に向かう。職場に着くのもいつもギリギリだった。

今は時間に追われることもなく、悠々自適に暮らしている。急ぐ用事もないので毎日ゆったりと自分の時間を過ごしている。まあ、これも嬉しいやら、寂しいやらだ。

（令和三年十一月二十三日）

母子の歌壇掲載に喜び

「一日中何もすることがないだけん。何やかんやノートに書いとったわ」

と、退院した母が先日一冊のノートを見せてくれた。コロナ禍での二カ月もの入院。誰とも面会できず、看護師さんにはとてもよくしてもらったものの、時間を持て余した母は大学ノートに「〇」の付く言葉やら、しりとりやら花の名前やら思いつくままにびっしりと書いていた。

その中に母が作った短歌が所々記してあった。卒寿も越えた母は、「わしゃ、もう頭が回らんでよう作らん」と言っていたが、もともと短歌が大好きな母。それまでにも作った歌は数千首にもなる。

ノートに綴っていた短歌は八首ほどだったが、その中の三首を選び投稿した。母はもう筆圧も弱く、自筆は難しいので私が代筆した。

そして十二月十五日、新聞を開くと「歌壇」に母の名前があるのが目に飛び込んできた。「載った！」――嬉しかった。見ると何と母の少し後に私の名前もあったのだ。私は、短歌は初めての投稿。ダブルでの掲載に嬉しくて嬉しくて――。

選んでくださった選者の先生に、「ありがとうございました！」と、大声を上げたい気持ちだ。母と私への最高のプレゼントになった。

（令和四年一月）

苦手分野から逃れられない

苦手なことからは誰でも逃げたくなるものだ。私も苦手なことが三つある。ＯＡ機器、水泳、人前で話すこと。どれもできれば避けて通りたい。

それなのに私は、小学校教員の道を選んでしまった。採用試験では水泳実技が必須で、一生懸命練習するものの息継ぎのコツが掴めない。結局試験では息継ぎのない背泳ぎをした。周りはゴールしているのに私はまだ半分……。やっとのことでたどり着くと、「お疲れさん」と、計測の方が笑って引き上げてくれた。

四十歳を過ぎ、水泳指導は若い人に任せようと思っていたところ、転任先の学校で毎日二時間のプールがあった。次の学校でもやはり水から逃げられなかった。苦手なことから逃げるなということか。

さすがに退職後は水泳をしていないけれど、今やパソコン、スマホの時代。使わなければ社会から取り残されそうだ。逃げるわけにもいかず、友達や子どもたちに助けてもらいながら向き合っている。逃げたいんだけどなあ……。

（令和四年二月八日）

三十余年の時を越えて

古いビデオテープが出てきた。タイトルは「挙式ビデオ」。三十余年前の夫と私の結婚式のビデオだった。

二十代の初々しい夫と私。まだ黒々とした髪の両親たちが、神妙な顔で写っていた。

「お母ちゃん、全然変わってない」

「お父ちゃんこんな声だった？」

「おばあちゃん、若い！」

アラサーの息子や娘が面白がってワイワイ言って見ていた。

やがて見るのに飽きたアラサーたちが帰ってから、私はもう一度ゆっくりと見直した。

当時は心の余裕がなく、上滑りだった祝辞だが、じっくりと聴いてみると皆さんの言葉がジーンと心に沁みて、あらためて感謝の気持ちでいっぱいになった。

祝辞をいただいた方の中には、もう亡くなられた方もある。義父母も実父も夫も、今はもういない。親戚の人たち、上司の方々も半分以上が亡くなっている。それらの方々がビデオの中で笑ったり拍手をしたり話したり歌ったりしている。すぐそこで私に向かって語っているみたいだ。二十年以上も前に亡くなった夫が私の隣にいて、変わらない姿で話している。

一時間半にもわたるビデオだったけれど、最初から最後まで見入ってしまった。懐かしくてというよりも、自分もそこに一緒にいるような気になっていた。

思いもかけず出てきたビデオで、三十余年の時を越えて大切な人たちに出会い、声までも聞くことができた。

嬉しくて、一度ならず二度、三度と見た。また会いたくなったら、何度でも見ることができる。

「ビデオもいいもんですね」

ビデオを見ていた息子の嫁の言葉に、ウンウンと頷く私だった。

（令和四年四月）

母と三姉妹の集いが楽しく

姉が入院中に作ったという短歌。その数百四十首。「闘病記」ならぬ「闘病歌」だ。作り始めたら面白くなって、次々に作ったという。短歌を嗜む母に見てほしくて、退院早々ノートを持って実家を訪れた。姉はとても生き生きとし、いつも以上に饒舌になっていた。

「よもよもこげに作ったなあ!」

と大笑いする母と、

「だってほかにすることないだもん」

と嬉しそうに笑う姉。私も一緒になった。上の姉もやって来た。上の姉は短歌も俳句も全く興味を示したことがなかったのに、話に加わる。

「んー、こっちの方がいいかな、こんなのどう?」と口に出す。

母は母で、どんな言葉がいいか頭を捻っている。

「わしゃもう頭が回らんでよう作らん」

と言う九十五歳の母が、一生懸命考えている。私たち三姉妹と母が短歌や俳句つくりを通してワイワイガヤガヤ。歳を重ねてからも集まっておしゃべりできるなんて姉妹っていいなあ！　楽しい時が続いていきますように。まだまだ元気でいてよ、お母ちゃん。

（令和四年六月）

自然に囲まれ元気に育って

娘夫婦が家を新築した。エコハウスで冷暖房も要らない快適な家だ。広い縁側デッキや和室もある。家の裏には隣家の畑だろうか、夏野菜が植わっている。青田風が心地よい。

先日訪れた時、孫と一緒にすぐ横を流れる用水路を覗いてみた。カワニナを発見。嬉しくなって一つ取り、「カワニナと言うんだよ」と、掌に乗せた。最初は怖がっていた孫も水中に手を伸ばし、カワニナを掴んで小皿に入れた。

石の陰から赤黒い爪が覗いているのを発見。ザリガニだった。それも二匹。そっと石をずらすとザリガニは素早く後ずさり。その速さに孫と思わず目を見合った。

「捕まえてみようか」

と言うと孫は、

「嫌だ、怖い。ばあば、やめて」

と強く首を振る。仕方ない。暫く二人でザリガニの動きをじっと見ていた。

家の周りにはタンポポやオオバコなども生えていた。孫相手に草相撲をし、孫以上にはしゃいだ。

自然に囲まれた新しい家で、孫たちが伸び伸びスクスクと育っていきますように。


（令和四年七月）

素敵な先輩人生の目標に

散歩道の投稿、「九十四歳を生きる」を拝読した。ユーモアたっぷり、生き生きとした文章と、その生きざまに元気をもらった。

爽快な気分になり、母にも見せようと実家に行った。図らずもその日は母の九十五歳の誕生日。母は読みながら時々声を出して笑っている。一気に読み終え、

「いいなあ！　心が若い。私もこんなふうに歳を取りたい」

と、目を輝かせて言った。何をおっしゃる母よ。九十五歳になったんだよ。

まだまだ未来に目を向けている母。私から見れば、動きは鈍いものの、母も十分に生き生きとしている。

私の周りには素敵な人生の先輩がたくさんいる。八十歳を超えて誰よりも先頭に立って卓球練習に汗を流す方、米寿を過ぎて小説や随筆など執筆活動に意欲的な方、庭木造りに精を出す方――。生き様を目標にしたい方ばかりだ。

「私もこんなふうに歳を取りたいなあ」

六十三歳、私のセリフだよ。少なくともあと二十年は生きて、先輩方の生きざまに向かって行きたいなと思った。


（令和四年七月）

下宿先までの各駅停車の旅

「間もなく一番乗り場に各駅停車鳥取行きが到着します。お乗りの方は黄色い線の内側でお待ちください」

駅員さんの柔らかなアナウンスがあり、やがて米子方面から列車が入って来た。

学生時代、実家を離れ下宿生活をしていた私は、伯耆大山《ほうきだいせん》駅から各駅停車で湖山駅に向かった。伯耆大山―淀江―大山口と続く。外の景色をボーッと眺め、時折文庫本に目を落としながら過ごした。名和《なわ》駅は高所にあり、日本海が見えた。

「下り列車とのすれ違いのため〇分間止まります」

ゆったりとしたものだ。

倉吉を過ぎるとトンネルが増えてくる。窓に目をやっていると、ゴーッという音と共に突然景色が消え、真っ暗になる。明るくなったと思うとまたトンネル。そうこうしているうちに末恒《すえつね》駅に到着。

次は湖山だ。心がソワソワする。

「もうそろそろかな」

外に目を向けると、湖山池がパアーッと広がる。

「あー、帰ってきた」

何だかホッとする。湖山池をゆったり眺め、切符を確かめる。二時間余りの列車の旅は楽しかった。

この頃、また鈍行列車に乗ってのんびりと旅してみたいなと、ふと思うことがある。


（令和四年九月）

励ますような大きな歌声

後にも先にも、私が舞台でピアノを弾いたのはあの時一回きりだ。

そこは境港市民ホール。

私が教師になりたての頃、毎年秋に連合音楽会が催された。七小学校の代表学年が集まり、合奏や合唱をする。私は三年生の担任で、代表として出演した。曲は、「まっかな秋」

と「未知という名の船に乗り」。

主任に「指揮とピアノとどっちする?」と聞かれ、私はピアノにした。といってもバイエルがやっと弾ける程度。夏休み中ずっと練習に励んだ。特に「未知――」は難しく、何度も間違える。必死だった。

そして迎えた本番。指揮に合わせ「まっかな秋」を弾き始めた。出だし好調。いける、と思った直後、間違えた。ピアノの音が止まった。指揮を続ける先生。子どもたちの歌声だけが会場に響く。子どもたちの声は私を励ますかのように、一層大きくなった。

何とか二番から入ることができ、演奏を終えた。歌い終わった後、子どもたちはみんな晴れやかな顔をしていた。誰一人、責める者はいなかった。

温かい子どもたちの笑顔に、今思い出しても涙が出てくる。


（令和四年十月）

命のつながりを感じて

下の娘が先日、三十歳の誕生日を迎えた。もう三十歳。月日の経つのは早い。そういえば私が還暦を迎えた時、父が、

「末の娘がもう六十になるか――」

と感慨深げに言っていたのを思い出す。

娘が七歳になった日、私の夫は天国へ旅立った。病室で酸素マスクをつけた夫と一緒に、娘の誕生日を祝った。あれから二十三年、娘は今、二人の子の母親だ。お腹には三人目の命も宿っている。大きなお腹を抱えながら、やんちゃ盛りの二人の子育てに奮闘している。

「たくましくなったね」

と、夫に語り掛けた。四十三歳のままの夫も笑っていた。

孫ができてから、『命のつながり』をより一層感じる。父と母から私が生まれ、夫と私から子どもたちが生まれ、その子からまた新しい命が育まれる。孫たちにはどことなく夫の面影がある。夫は亡くなっても繋がっている。凄いことだ。

二月には五人目の孫が生まれる予定だ。この子の命も繋がっている。それは次へも。どうか元気で、無事に生まれてきますように。

（令和五年一月）

心の中で生きる夫とお茶

我が子が小学生の頃だっただろうか、「お母さんの夢は何？」と聞かれた。夢？　私の夢って何だろう。三人の子に恵まれ、子育て中の私は、夫や義父母とも仲良くし、幸せの真っただ中にいた。

「そうだね、夢は三人が大きくなって、老後にお父さんと二人で縁側に座ってのんびりお茶を飲むことかな」

我が子はふうん、よくわかんないといった顔で私を見ていた。

その夢は半分叶って、半分叶わなかった。子どもたちは成長し、それぞれに幸せな生活を送っている。

私は昨年夏、庭をリフォームした。芝を植え、東屋も作った。緑が広がり、東屋は風もよく通りとても心地よい。その東屋でゆったりとお茶を飲みながら、可愛い孫たちがはしゃぎ回るのを眺め、幸せなひと時を過ごしている。
ただ、そこに夫はいない。夫は子どもたちの成人姿も結婚姿も、孫の顔も見ないで旅立ってしまった。でも二十余年経った今も、夫は私の心の中で生きている。きっと一緒に庭を眺め、孫たちの姿を笑って見ているに違いない。そう思ったら私の夢、叶ったのかな。ね、お父さん。

（令和五年一月）

「もったいない」思い大事

母譲りなのか、義母譲りなのか、私は物が捨てられない。最たるものは服と文具。社会人になりたての頃買った服も、まだ洋箪笥に下がっている。セーターやトレーナーも傷んでない限り今も着ている。

「もう捨てたら」

と、何度姉や娘から言われたことか。

「でもまだ着られるしなー」

と、また元の場所に戻る。

文具に至っては、ハサミ、のり、消しゴムなど、数十年も経ったものが残っており、今も不自由しない。

亡くなった義母は米のとぎ汁を洗剤代わりにし、花の水やりにも使っていた。カニの茹で汁は翌日には炊き込みご飯に、西瓜の白い部分はサラダになった。セーターは糸をほどき何度もリメイクされた。母も和洋服をほどき、パッチワークとして新しく生まれ変わらせている。

「もったいない」、「無駄にしない」という思いや実践は、『節約』への大事な一歩。自然からの恵みは当たり前ではなく、ありがたいことを感謝し、限りあるこの恵みを無駄にせず大事にしていきたいと思う。


（令和五年二月）

グアムで冒険の海中散歩

好奇心が強いくせに臆病者の私は、冒険と言えるものはあまりないが、一つだけ大冒険をしたことがある。

新婚旅行でグアムに行った時だった。オプションでスキューバーダイビングをした。泳げない私には無謀な挑戦だったが、せっかくのチャンス。夫もいる。「大丈夫」と言い聞かせた。

プールでシュノーケルを使って口呼吸の練習をし、いざ海へ。ボートで沖合まで行った。酸素ボンベと足ヒレを付け、酸素マスクを口に銜《くわ》えた。胸はバクバク、意を決して飛び込んだ。途端に息が苦しく、口呼吸がうまくできない。

「待って、待って……」

インストラクターを呼ぼうにも、どうやって声を出すんだ? おまけに彼はすでに先を行っている。水中でもがきながら、「落ち着け、落ち着け」と言い聞かせた。何とか口呼吸ができるようになり、心に余裕ができた。

周りに目をやると、たくさんの熱帯魚。ブルーや縞模様の魚がすぐ目の前をヒラヒラ泳いでいた。気を良くした私は、インストラクターそっちのけで、海中散歩を満喫していた。

（令和五年五月一日）

雲南黄梅とIさん

雲南黄梅の花が見事に咲いた。可愛らしい黄色の花で、モッコウバラとよく似ている。リニューアルした庭に、鮮やかな黄が映えて春を一層明るくしている。この花の鉢植えをくださったのは隣家に住んでいたIさんだ。その時「雲南黄梅」という名も教えてもらった。

Iさんは一九二八（昭和三）年生まれ。私の母とほぼ同じだ。花が好きで裏庭にはいろんな花を育てておられた。零れ種から生えた芽や挿し木で増やした苗を大事に育て、私に分けてくださった。私も花が好きで、玄関横にテッセンヤバラ、ボタンなどを植えていたが、Iさんは出会うたびに、「可愛い色だねえ」、「蕾を毎朝数えて楽しみにしとるんよ」

とニコニコと声を掛けてくださった。

九十歳を越えても自転車を押して買い物にも行き、立ち話もよくしたものだ。

「一人では食べきれないので手伝って」

と言っては手作りの味噌や煮物、果物などを持って来てくださった。Ｉさんは若くしてご主人を亡くされた。私と同じ。

私にとってＩさんは、気持ちを分かち合えるとても大切な人で、ずっとずっと心を支えていただいた。

昨年の秋、Ｉさんが、「施設に入ることにしました」とおっしゃった。「そうですかー」と応じたものの、心にポッカリと穴が開いたようだった。寂しかった。隣家にあったＩさん愛用の自転車もいつの間にかなくなっていた。

Ｉさん、今頃どうしていらっしゃるかな。雲南黄梅だけでなく、私の庭にはＩさんからいただいた花が春を迎え、あちこちに咲き始めた。

雲南黄梅と　教えてくれし　隣り人
　施設は如何　花咲きました

（令和五年五月）

鯉のぼり三年目は孫と

鯉のぼりを出した。今年で三年目になる。孫はもうすぐ三歳。一年目は、息子夫婦はアパート暮らしだったので、私が一人で上げ下ろしをした。孫が生まれたのが嬉しくて、孫が見るわけでもないのに泳ぐ鯉を一人で見上げていた。

満一歳の夏、息子夫婦が家を建て、すぐ隣に住むことになった。二年目の鯉は家の緑の芝生の上を泳いだ。息子に抱っこされ鯉のぼりを指さしながら「しゅごい！」と歓声を上げていた。

三年目の今年、鯉のぼりの上げ下ろしは孫と一緒。

「あれ、お魚は？」

朝、鯉のぼりを上げていないと催促がくる。孫はせっせとかごに入った鯉のぼりを提げてくる。そして一匹ずつ取り出しては、「これはお父さん」と言って手に持ち、柿の木を一周かけてから「はい」と言って手渡す。

今年は鯉が一匹増えた。「Kちゃん鯉」。Kちゃんは七月で一歳になる。孫は小さな鯉のぼりをチラチラ見ながら走ってくる。今日も孫と一緒に上げた鯉のぼりが、爽やかな風に乗って仲良く泳いでいる。

（令和五年六月）

子ども会で長女が夜店を出店

私の住む内町には、「七夕神社」と呼ばれる神社がある。八月七日、ひと月遅れの七夕の日には町内だけでなく近隣からも七夕飾りの笹を持ってお参りに来る。

前日の夕方頃から、内町通りは両側にズラリと笹飾りが並び、五色の短冊や飾りが風に揺れ、それは、それは見事だ。嫁いで来て初めて見た時は、仙台の七夕飾りのようでとても感動した。

通りにも境内にも夜店が並びにぎわった。当時、通りの一角に内町壮年会の方が手作り小物の店を出しておられた。義母も可愛い編みぐるみや、ミニこけしなどを作って出していた。

子ども会でも何かしたいなと、長女が六年生の時に店を出すことになった。店の名前は『ぎょぴちゃん』。魚釣りゲームの店だ。笹と景品は大人が用意したものの、ゲーム用の魚や看板などはすべて子どもたちの手作り。当日の店番も、交代制で子どもたちが主となってやった。

最初は不満そうにブツブツ言いながら魚を作っていたけれど、店を開いてお客さんがやって来ると、面白くなったのか結構ノリノリで楽しんでいた。儲けなどほとんどなくてむしろ赤字だったけれど、生き生きとしている子どもたちに、やってよかったなあと喜んだ。『ぎょぴちゃん』はこの年一回きりだったが、「そういえば子ども会で七夕に店出したよなあ」と笑って話す娘や息子の言葉に一人満足している。

今日は八月七日。コロナでここ数年寂しい七夕祭りだったけれど、今年は内町通りも笹飾りでにぎわうかな。息子夫婦と孫と一緒に笹飾りを持ってお参りしよう。

（令和五年八月）

幸せ感じた米子「がいな祭り」

米子の「がいな祭り」が終わった。今年は祭りが始まって五十年という。もう半世紀も経ったのだ。祭りのフィナーレは花火大会。今年は一万発の花火だった。私は一人玄関前で椅子に座って眺めた。

振り返れば、中高生の頃は「がいな祭り」の花火は、実家の畑の畦道にゴザを敷いて見た。「おっ、上がった」という声に西の方を見ると、遠くに丸く小さな花火が見えた。単発で、のんびりと見たものだ。

内町に嫁いで来て初めての花火は衝撃的だった。ドーンと音がしたかと思うと、家が揺れた。お腹にズンと響いた。花火の大きさにもびっくり。火の粉が落ちて来るのではないかと思った。

「ナイアガラ」の迫力ある花火は、医大の病室から見た。ちょうど長女を出産した時だった。流れ落ちる炎の滝が錦海いっぱいに広がり、それは、それは見事だった。

今年は息子たちは会場に行き、私は腰痛のため一人玄関での見物となった。でも寂しくはない。フィナーレを見て家にいたら、少しして孫がやって来た。

「ばあちゃん花火見た？」

「うん。見たよ。きれいだったね」

三歳の孫と笑って話す。息子たちもすぐにやって来た。家族がいることの幸せを感じた今年の「がいな祭り」だった。これからも米子の「がいな祭り」が続いていきますように。


（令和五年八月）

富士登山で迷い吹っ切る

夫が逝って三年目、新聞の【日本一の富士山に登ろう】という文字が目に留まった。三年経ってもグズグズと夫の死が受け入れられないでいた私は、一念発起。子どもたちも連れて富士山に登ろうと思い立った。

有無も言わさず、中三、中一、小三の三人の子と一緒にツアーバスに乗り込んだ。もちろん夫の写真もリュックに入れた。

朝方、富士山五合目に着いた。子どもを連れているのは私だけ。ほとんどが年配者で、山慣れをされている方ばかり。登山靴も履かず、トレーナー姿の私たち。大山登山は経験していたし、まあ大丈夫だろうと気楽なものだった。

晩方にやっと八合目の山小屋に着いた。夕食を取り、仮眠する。深夜十二時頃、暗い中、山頂目指して出発した。一列になって黙々と歩く。見えるのは前の人の背と自分の足元だけだ。岩場を一歩一歩ひたすら歩いた。山頂近くになって空が白み始めた。眼下に広々と雲海が広がっていた。そして山頂へ。山頂からはうっすらと御来光が仰げた。日本一の富士山のおかげか、私の迷いも吹っ切れた。

二〇〇一年七月二十三日と記した富士登山の杖が、今も居間に立て掛けてある。

（令和五年九月）

あとがき

夫と出会ったのは私が大学を卒業してすぐだった。あれから、かれこれ四十年余になる。夫が他界してからでも、もう二十五年。〝光陰矢の如し〟、月日の経つのは本当に早い。夫と義父母、三人の子どもたち、家族揃って暮らしたのは十三年ほどだ。たった十三年だけれど、私にとってはとても幸せで濃いものだった。子どもたちの誕生、夫の死。〝命〟の尊さと儚さを深く感じた十三年でもあった。

人間の命が限りあるものであり、その一生の終わりはいつ来るのかわからない。五十年かもしれない、百年かもしれない、ひょっとしたら明日かもしれない。だからこそ、一日一日を大切にしたいし、今日という日を迎えられることに感謝したいと思う。そして、出会えた人、一人ひとりを大事にしていこうと思うようになった。

夫との闘病日記の中に、私は「ああ、また生きて朝を迎えることができた」と生きていることの喜びを綴っていた。

夫は四十三歳でこの世を去った。が、きっと悔やんではいないだろうと私は思っている。四十三年を精いっぱい生き、私と同じように幸せを感じていたと信じている。〝生きる〟というのは長さではない。夫との十三年間は、何十年にも値する年月だったと思う。まあ、老後になった今、一緒にお茶を飲んだり、旅行したりする連れ合いがいないのはちょっと寂しいと思うけれど。

夫が亡くなった時、三人の子どもたちはまだ小さかったので、闘病中の夫や私のことはほとんど知らない。だから、私の記憶が残っているうちに、何らかの形で残しておきたいと思い書き始めたのが「千羽鶴」だ。所々脚色はしているものの、大体は事実、ノンフィクション小説だ。〝小説〟というにはインパクトの薄いものだろうけれど、私はそれでいいと思っているし、書き上げたことに十分満足している。

「一粒の苺」は、私の生まれ故郷〝今在家〟のことを書いたものだ。書き始めたら次々と昔の思い出が湧いてきて、懐かしく、書いていくのがとても楽しかった。

今在家での暮らしや家族はやはり私の原点で、今の自分があるのも故郷や今まで出会った人々の温かさのおかげだと思っている。特に父と母は初めての苺を「みんなで分けよう」と言う、優しく家族思いの二人だった。両親の大きな愛に包まれて育ってきたことを今さらながら深く感じる。父は平成三十年に他界。母はつい先日令和六年四月二十日に息を引き取った。九十六歳だった。父と母の温かい心を子や孫にも繋いていきたいと思う。

「ほっこりほろり」は、ここ鳥取県の地方紙「日本海新聞」に掲載された私の投稿文。月ごとに新聞社から出されるテーマから、想いを発し、それにまつわるエピソードを投稿した。退職後「写真」というテーマで初めて投稿したものが新聞に載った時は、飛び上がるほど嬉しかったのを覚えている。今も時々だけれど投稿を続けている。

今回、文芸社さんから出版の話をいただき、思い切って本を作ることにした。人生は一度きり、かけがえのない自分の人生の中でいただいた貴重な機会だ。文芸社の方に助けてもらいながら挑戦していこうと決めた。欲張りな私は、小説もエッセーもショートエッセーも一緒に一冊の本にしようというのだから、文芸社の方にも大変迷惑をおかけしたと思う。

家族を始め、友人、知人、たくさんの方との出会いがあったからこそできた一冊。私の一生の宝の本。皆さんのおかげ、ありがとうございます。

最後にペンネーム「中村　英」について。私の本名は「英子」だが、夫は「英之」という。二人の共通の「英」——これをペンネームにしようと決めた。夫が空の上で苦笑いをしているかもしれない。

（二〇二四年四月）

著者プロフィール
中村 英（なかむら えい）
1959年（昭和34年）鳥取県生まれ
鳥取大学教育学部卒
「米子文学」同人
鳥取県在住

【筆歴】
「私と木登り」（エッセイ）：鳥取文芸優秀賞
「まい子さんとボク」（小説）：鳥取文芸佳作

千羽鶴

2024年７月15日　初版第１刷発行

著　者　中村 英
発行者　瓜谷 綱延
発行所　株式会社文芸社
〒160-0022　東京都新宿区新宿1－10－1
電話　03-5369-3060（代表）
03-5369-2299（販売）

印刷所　図書印刷株式会社

ISBN978-4-286-25464-7　JASRAC 出 2402848－401